네보의 푸른 책

The Blue Book of Nebo

THE BLUE BOOK OF NEBO

네보의 푸른 책

MANON STEFFAN ROS

마논 스테판 로스 장편소설 | **강나은** 옮김

다산
책방

이 책을 먼저 읽은 독자들의 추천

잃어버린 것을 더 잃어버리지 않으려는 생존자의 노력이 돋보인다. 종말이 끝이라고 포기하지 않고, 생존 의지를 갖고 기록을 통해 잃어버린 과거와 언어를 기록하고 미래를 기약하는 인간의 힘이 느껴지는 작품이다. _파란*

극한에서도 읽고 쓰는 사람들의 이야기. 종말의 상황에서도 기록을 해나가는 주인공들이 놀랍고도 대단하게 느껴진다. 같은 피를 나누었지만 기록하는 성향이 달라 흥미롭다. _마틸*

종말 앞에 모든 것이 파괴되어도 인간의 감정만큼은 매마르지 않는다는 것을 보여주는 작품. _오아아***

세상과의 단절이 가져다준 연결. 비록 삶은 무너져 내렸지만 서로가 있기에 버틸 수 있는 날들에 대한 고백. _book like***

끊이지 않는 전쟁과 잦은 핵 위협, 기후 위기로 시한부가 된 세상에서 살게 될 아이들의 삶이 지속될 수 있다는 희망을 보았다. 어른들이 상상하는 것보다 아이들은 강하다. 『네보의 푸른 책』은 아이들에게 불안한 미래를 살아갈 수 있는 동력이 되어 줄 작품이다. _jane****

열네 살 아들 녀석과 함께 읽고 성장에 대해, 사랑과 희망에 관해 이야기 나누고 싶은 책. _마*

『네보의 푸른 책』을 읽으며 나에게 진정으로 소중한 것이 무엇인지 다시금 생각해 보는 시간이 되었다. 반복되는 일상에 지친 사람들에게 추천한다. _soe****

차분하고 다정하기까지 한 재난 소설. 경쟁과 스트레스가 일상인 세상이 당연하지 않다고 느껴본 사람이라면 '망해버린' 세상에서 살아가는 모자의 모습을 부러워하게 될지도 모른다. _복실이*

'푸른'이라는 단어가 암시하듯, 절망 속에서 희망을 발견하는 이야기를 읽으며 끝까지 포기하지 않을 가치에 대해 생각하게 하는 작품. _백상**

시끄럽고 번잡한 세상에서 고요하고 침묵하는 세상으로의 이동. 지나칠 만큼 미디어에 의존하는 초등 고학년 아이들에게 추천하고 싶다. 이 책을 통해 순간순간의 소중한 것들에 대해 느끼게 되길. _짧은**

책을 손에서 놓을 수가 없어 단숨에 읽었고, 뒤에 이어질 내용이 궁금해 잠이 오질 않았다. 핵폭발 이후의 세상은 지금의 세상과 너무도 다르겠지만, 그들이 존재하는 것만으로도 세상이 가득 찬 것만 같은 느낌이었다. _이지*

내 아이가 어떤 환경에서든 결국 잘 성장할 것이라는 믿음을 가진 부모님들과, 지금 힘든 성장통을 겪으며 자라고 있는 아이들과 함께 읽고 싶은 책. _esther**

때론 서정적이고 아름다우며, 때론 깊은 사색에 빠져들게 만드는 묘약 같은 희망을 전해준다. _그대의***

생명과 연대의 힘을 믿는 사람 그리고 삶에 대한 책임을 회피하지 않고 끌어안을 용기가 있는 사람들과 함께 읽고 싶다. _책읽는*

내가 나의 목소리를 믿게 해준 나의 친구,

알린 존스에게

덜란

앞으로는 이렇게 글을 쓰는 것이 낫겠다고 엄마는 말했다. 아마도 나를 가르치기가 귀찮아졌기 때문인 것 같다. 아니면 그럴 의욕이 없거나. 어느 쪽이 맞는지, 그 둘이 서로 다른지 잘 모르겠지만.

매일 아침, 모나가 잠을 자는 동안에 엄마는 나를 앉혀두고 독서나 수학 공부 따위를 시켰다. 그렇다고 학교 수업처럼 느껴지지는 않았다. 딱히 시간표 같은 것도 없이 책을 읽고 독후감을 쓰게 한 뒤 맞춤법이 틀리거나 멍청한 내용을 쓴 부분에 빨간 펜으로 첨삭해 줬다. 그리고 나서 덧셈 뺄셈을 했는데, 어느 정도 반복하니 더 진도를 나갈 것이 없었다. 엄마는 걱정하기 시작했다. 볼펜이 동날지 모른다는 것도 걱정거리였다.

"이제 더 가르칠 게 없어."

어제, 기차에서 만난 남녀의 로맨스를 그린 소설을 읽고 쓴 내 독후감을 본 뒤 엄마가 말했다. 마치 어떤 깨달음이 온 것처럼.

"이렇게 계속해 봤자 의미가 없겠어."

이제 공부를 그만두자며, 대신 매일 한 시간씩 글을 써보라고 했다.

지금 글을 쓰고 있는 이 노트는 네보에 있는 한 빈집에 무단으로 침입해 챙겨 온 것이다. 거실 한구석에 놓인 작은 책상 서랍에 들어 있었다. 우리는 보통 아주 중요한 것들, 그러니까 성냥이나 쥐약이나 책 같은 것만 훔쳤지만 엄마는 그날 이 노트를 오래 만지작거리다가 가방에 넣었다.

집으로 돌아와서야 엄마는 이렇게 말했다.

"네 거야. 네 이야기를 적어봐."

"'네보의 푸른 책'이라고 하면 되겠다."

나는 미소 띤 얼굴로 노트를 받아 들며 말했다. 펼치니 아무것도 적히지 않은 넓고 깨끗한 종잇장들이 마치 새로운 날들 같았다.

"응?"

"『카이르버딘의 검은 책』*이나 『헤르게스트의 붉은 책』**
같은 옛날 책들처럼 말이야."

어느 웨일스 역사책에 나오는 책들이다.

"우리 역사가 담긴 중요한 책들. 지금 이 순간도 역사의 일
부잖아, 안 그래?"

이 노트의 표지는 보기 좋은 짙푸른 색이다. 아주 짙어 거의
까맣게 보인다. 웨일스 시인 딜런 토머스는 이런 푸른색을 '성
경의 검정'이라고 했다. 성경은 책등에 적힌 제목을 보지 않아
도 성경임을 알 수 있다. 그냥 느껴지니까. 이 푸른 노트는 그
렇게 중요한 책처럼 보이지는 않는다. 하지만 생각해 보면, 책
이란 그저 한데 엮은 말들일 뿐이다.

이 푸른 노트를 모나 손이 닿지 않는 높은 선반에 올려둔 뒤
나는 위층 보조 지붕 구석에 물이 새는 곳을 살폈다. 그렇게 작
은 구멍으로 얼마나 많은 물이 샐 수 있는지 알면 깜짝 놀랄 것
이다. 유아용 찰흙을 작게 뭉쳐 구멍을 막고, 가로세로 5센티
미터 정도의 방수포 조각을 덧대니 더는 물이 새지 않았다. 남

---

* 웨일스 4대 고서 중 하나로 웨일스어로 쓰인 것 중에 가장 오래된 책이다. 겉장이 검은색이다.
** 역시 웨일스 4대 고서 중 하나로, 『마비노기온』을 비롯한 웨일스 문학이 보존된 책이다. 겉
장이 붉은색이다.

은 못이 얼마 되지 않아 못은 하나만 썼다. 지금으로서는 이렇게만 해둬도 충분할 것이다.

그때 모나가 울기 시작했다. 엄마가 작은 침대로 다가가 모나를 안아 올렸다.

테라스에서의 경치는 제법 훌륭하다. 내려다보이는 카이나르본에는 삐죽삐죽 이빨처럼 성탑들이 솟아 있고, 그 너머로는 바다가 그리고 앵글시가 보인다. 나는 앵글시에 간 기억이 나지 않는데 엄마 말로는 내가 꼬마일 때 자주 갔었다고 한다. 근사한 해변으로 둘러싸인 섬이라 산책하기 좋은 길이 많다나. 어제 보조 지붕에 앉아 먼 풍경 속, 앵글시와 바다를 내다보고 있으니 그 얘기가 생각났다.

여기서 보면 앵글시는 섬이라기에는 너무 커 보인다. 나무가 많고 들판이 있다. 집과 바다 사이에도 내가 모르는 장소들이 있다.

어제는 눈 쌓인 냄비처럼 입에서 김이 모락모락 날 정도로 추운 날이었다. 문득 이전 시대 사람들을 생각하니 딱한 마음이 들었다. 차를 타고 바닷가에 가 아무 할 일도 없이 종일 앉아 있었다니. 물에 발을 담그고 서서 물장난을 조금 치다가 가까운 데 자리를 펴고 음식을 먹으며 시간을 보냈다니. 그 사람들 생각을 너무 많이 하지는 않으려 한다.

모나를 포대기로 가슴팍에 동여맨 엄마가 집 밖으로 나오는 소리가 들렸다. 나는 사다리를 타고 보조 지붕 아래로 내려갔다. 할 일이 잔뜩이니 앵글시나 이전 시대의 삶 따위를 생각할 틈이 없었다.

❖

우리 집은 아무것도 없는 곳에 있다. 우리뿐이고 아무도 오지 않는 곳. 물론 처음부터 아무도 없었던 것은 아니다. 한때 우리 집에서 일흔여덟 걸음 정도 떨어진 집에 나이 든 부부가 살았으니 말이다. 그 집의 이름은 서닝데일이다. 그 부부는 다른 이들과 마찬가지로 '종말' 이후에 떠났다.

하루는 서닝데일의 창문을 들여다보다 엄마에게 물었다.

"서닝데일이 무슨 뜻이야?"

"아무 뜻 없어. 그냥 단어야."

뜻이 없는 단어가 어디에 있나 하는 생각이 들었지만 엄마는 그런 이야기를 할 기분이 아닌 것 같았다. 엄마가 베개처럼 부드럽고 지친 듯한 목소리로 말했다.

"그 집은 건드리지 마, 딜란. 우리 집 아니야."

그 집에 살던 소프 부부가 기억에 남아 있긴 하지만 뚜렷하진 않다. 큰 키에 머리가 하얀 데이비드 할아버지는 안경 렌즈

위로 반사된 빛 때문에 눈을 마주 보기가 어려웠다. 수전 할머니는 작고 마른 몸에, 말할 때면 상대를 빤히 보곤 했다.

두 사람이 떠난 뒤로도 서닝데일은 거의 그대로다. 조금 달라진 데가 있다면 내가 그 집 정원에 채소를 좀 심고, 그 집 나무 몇 그루를 땔감으로 벤 정도. 집 안으로도 들어가 보고 싶은데 엄마가 안 된다고 했다. 무슨 이유인지는 모르지만 엄마는 서닝데일과 소프 부부 이야기만 나오면 조금 이상해진다.

은퇴 후 골프를 치거나 부엌 창가에서 분재를 가꾸는 등 의미 없는 일들을 하며 지내던 두 사람은 이제 영영 돌아오지 않을 것이다. 아마 다른 가족들에게로 갔을 것이다. 지금쯤 잉글랜드 어딘가에서 그 가족들과 함께 있는지도 모른다.

오늘은 서닝데일의 정원에서 땔감용 마른 나뭇가지를 잘랐다. 나무 아래, 포대기로 엄마 가슴에 안겨 있는 모나가 옹알거렸다. 엄마는 내가 나무 위에서 던져준 나뭇가지들을 집으로 끌고 가기 쉽게 묶었다. 나무나 지붕에 올라야 하는 일은 내가 하는 편이 낫다. 엄마는 한쪽 다리가 좋지 않아 절뚝거리기 때문이다. 그래도 날이 맑거나 별이 많은 날이면 나와 함께 테라스에 올라간다.

창문 너머 방 안 커튼에는 조그만 꽃무늬가 그려져 있고, 깔끔하게 정리된 침대 위로는 이불이 매끄럽게 깔려 있었다. 흰색 페인트를 칠한 옷장, 침대 양옆 작은 흰색 탁자, 그 위에 높고 단정하게 쌓인 책.

"서둘러 덜란, 조금 있으면 비가 제대로 오기 시작할 거야!"

엄마가 땔감을 기다리며 말했다. 나는 나뭇가지를 하나 더 잘라 던지며 말했다.

"저 안에 책이 많네."

엄마는 대답이 없었다.

"침대 위에 이불도 있어. 솜이불 같아. 베개도 두 개고."

나는 또 다른 나뭇가지에 느리고 무겁게 톱을 얹었다.

엄마는 단호하게 말했다.

"우리 거 아니야."

나는 그냥 아무 말도 하지 말걸, 하고 생각했다. 엄마는 말다툼하는 대신 그저 자신을 닫아 버리는 사람이다. 문을 닫거나 책을 덮듯이. 엄마는 서닝데일에 들어가는 것이 네보에 있는 다른 집들에 무단 침입하는 것과는 다르다고 생각하는데, 나는 그 이유를 알 수가 없다.

엄마는 오늘 서른여섯 살이 됐다.

우리에겐 아직도 예전 달력이 있다. 종말이 다가온 2018년의 달력 말이다. 종말 직후 몸이 너무 아파 시간이 어떻게 흘렀는지도 모르던 때가 있었다. 우리가 앓는 동안 3일이 흘렀을 수도, 2주가 흘렀을 수도 있다. 상관없다. 우리는 어림짐작으로 지금의 날짜를 계산했다.

엄마는 생일 축하 받기를 좋아하지 않지만 나는 기념할 만한 날이라고 생각한다. 36년이나 살아오다니! 그리고 그중에 14년은 내가 엄마 곁에 있었다. 엄마도 내 곁에 있었고.

"인생의 거의 절반을 나랑 같이 살았네."

내가 나뭇가지 하나를 더 잘라내며 말했다.

엄마가 나뭇잎 사이로 가만히 나를 올려다보았다. 머리카락은 젖어 있고, 품에 안은 모나에게 비를 맞히지 않으려 목 아래까지 우비 지퍼를 올린 채였다. 모나는 내게 파란색 플리스 모자로만 보였다.

때로 엄마를 보며, 나는 사람이 어쩌면 이토록 아름다운 동시에 추할 수 있을까 생각한다.

못된 말이라는 것을 나도 안다. 엄마는 내가 누군가를 추하다고 하면 싫어한다. 소설 속 인물들한테 하는 말이라도 말이다. 이해가 되지 않는다. 그들이 듣는 것도 아닌데 무슨 문제람. 하지만 엄마는 남의 겉모습을 추하게 보는 사람은 자기 자신의 마음속이 추한 것이라고 했다. 아무래도 나는 마음이 몹시도 못난 것 같다. 가끔은 엄마 모습이 매우 못났다고 생각하니까.

사람들을 보며 살지 않으니 누가 못났고 누가 잘났는지 정확히 알기 어려운지도 모른다. 하지만 종말 이전이 기억난다. 여섯 살이 되기까지의 기억이 쌓여 있다.

어렴풋한 기억에, 그 시절의 여자들은 책 표지 그림 속 여자들과 비슷했다. 입술이 붉고 도톰하고, 피부는 부드럽고, 머리카락은 뻗친 데 없이 부드러워 보였다.

지금 엄마는 그 여자들 같지 않다. 길고 마른 얼굴에 눈은 아주 커다랗고, 입은 작고, 코는 얼굴에 비해 너무 길다. 키가 크고 힘이 세며 뚱뚱하지는 않지만 몹시 단단한 체격이다. 부드러운 곳이라고는 없다. 종말 이전에 엄마는 머리카락을 짧게 잘라 금발로 염색했지만 이제 머리카락을 자르는 일은 또 하나의 일거리일 뿐이다. 나무딸기 덤불처럼 자란 엄마의 머리카락은 개털처럼 굵고 밤의 세상처럼 검으며, 이곳저곳에 흰머리가 한 가닥씩 자라 있다.

나는 엄마를 닮지 않은 것 같다. 그 누구도 닮지 않았다.

엄마는 나무 위의 나를 한참 쳐다보았다. 서닝데일에 들어가도 된다고 말하려는 걸까 하고 잠시 기대했지만 엄마는 그냥 눈길을 돌렸다. 모나가 엄마의 우비 속에서 혼잣말을 했다. 모습은 보이지 않아도 목소리가, 알아들을 수 없는 옹알이가 들렸다. 가끔은 작은 손이 올라와 엄마 얼굴을 만지기도 했다.

오늘 밤에는 사냥을 할 것이다. 엄마가 생일에 고기를 좀 먹을 수 있도록 토끼나 야생 고양이를 잡아보려 한다. 감자밭에 이미 덫을 놓았다. 올해 엄마는 좋은 생일을 보낼 것이다.

❖

어제 토끼를 잡았다. 덫에 걸려 움찔거리는 토끼의 숨통을 주머니칼로 빠르게 끊어낸 후 병에다 피를 받았다. 우리 몸을 튼튼하게 만들어줄 그 피로 엄마는 감자에 올릴 소스를 만들었다. 모나가 아직 엄마 젖을 먹어야 해서 엄마는 가끔 피를 그대로 마시기도 한다. 젖이 나오려면 몸이 튼튼해야 하기 때문이다. 때로는 반 컵이나 마신 피를 토해버렸다. 피는 아무리 차가워도 뜨듯하게 느껴져 역하다나.

가죽을 벗긴 토끼를 집으로 가지고 와 말했다.

"생일 축하해, 엄마."

아침에는 생일 카드를 찾아 벽난로 위에 세워 두었다. 경주용 자동차 사진이 있고 '여섯 번째 생일 축하해'라고 적혀 있지만 남은 카드가 그것뿐이니 따지지 않는다. 사실 열세 장의 생일 카드가 있었지만 종말 직후 다른 카드는 다 불태워 버렸다. 그땐 아무것도 몰랐기 때문이다. 겨울을 위해서는 건조한 곳에 불쏘시개를 보관해야 한다는 것도 몰랐다.

"고맙다, 아들."

엄마가 미소를 지었다. 모나는 바닥에서 엄마가 양말로 만들어준 장난감 뱀을 가지고 놀았다. 나는 토끼 고기를 담은 냄비를 불에 올렸다.

"가죽은 벗겼어?"

"응, 헛간에서 말리고 있어."

엄마가 고개를 끄덕였다.

엄마의 예전 생일들은 기억나지 않는다. 뭐, 최근 생일은 당연히 기억하지만 종말 이전의 생일 말이다. 그래도 그 시대의 내 생일은 기억한다. 케이크와 초, 반짝이는 선물 포장지. 다른 아이들의 이름도 기억나는데, 그 애들의 목소리나 행동, 웃는 모습은 기억나지 않는다.

프레디.

데우이.

네드.

엘라.

제임스.

올리버.

해리.

엔다브.

베티.

스윈.

엘로이스.

이보다 더 많았겠지만 기억나지 않는다. 기억하려 애쓸수록 더 희미해졌다. 마치 꿈에서 깬 뒤 그 꿈을 기억하려 애쓰는 일 같았다.

우리는 호두를 곁들여 토끼 고기를 먹었다. 꿀맛 같았다. 토끼 한 마리에서 나오는 고기의 양은 생각보다 굉장해서 반은 내일 먹기 위해 남겨둘 수 있었다.

모나를 재운 뒤 엄마와 나는 보조 지붕에 나란히 앉았다. 맑은 밤이었다.

"너, 글쓰기를 즐겨."

엄마가 보기에 그렇다는 말인지, 즐기느냐고 물어보는 건지 헷갈렸다.

"응. 나는 종말의 기록이 남아야 한다고 생각해. 기록이 없는 건 말이 안 돼. 그런데 난 종말을 잘 모르잖아."

엄마가 고개를 끄덕이며 말했다.

"그래, 너는 그때 어렸으니까. 오래전 일이야."

"그러니까 엄마가 적어봐. 나랑 이 노트에 같이 쓰자. 그냥 일어난 일을 그대로 적는 거야."

"내가 학생 때 작문을 얼마나 못했는데."

"그 뒤로 책을 엄청 많이 읽었잖아. 지금은 더 잘 쓸 거야."

그래서 엄마와 나는 '네보의 푸른 책'을 함께 쓰기로 했다. 엄마는 '이전 시대'와 종말에 관해서 쓰고, 나는 '지금'의 이야기를, 우리가 어떻게 살고 있는지를 쓰기로 했다.

우리는 만약을 위해 서로의 글을 읽지 않기로 약속했다. 어떤 만약을 위한 것인지는 모르겠지만.

"그래도 우리 중 한 사람한테 무슨 일이 생기면 그땐 읽어도 되는 걸로 하자."

엄마가 이렇게 말하곤 작고 부드러운 숨을 내뱉었다. 나는 대꾸하지 않았다. 엄마 말뜻을 알아들었기 때문에 아무 말도 할 필요가 없었다. 우리는 잠시 말이 없었다.

"담배 한 대만 딱 피우면 좋겠다."

엄마가 말했다. 저녁에 가끔 그런 말을 했다. 담배란 예전 사람들이 불을 붙여 입에 물고 그 연기를 들이마셨던 작은 물체다. 나는 담배를 실제로 본 기억이 거의 안 나지만 냄새는 좀 떠오른다. 처음에는 미지근하고 짙고 향기로운데 몇 시간이 지나면 퀴퀴하고 씁쓸해지던 냄새.

"엄마는 생일 선물로 담배 어때? 원하는 건 무엇이든 받을 수 있다고 하면."

엄마는 앵글시를 내다보며 잠시 생각에 잠겼다. 엄마에게서 바깥의 냄새가 났다.

"아무것도. 난 아무것도 안 받고 싶을 것 같아."

근사한 대답이었지만 거짓말이란 걸 안다. 원하는 게 없는 사람은 없다.

"무엇이든 고를 수 있어도? 이전 시대 물건도 포함해서 말이야."

엄마가 한숨을 내쉬고 대답했다.

"좋아. 그러면 나는 바운티."

"뭐?"

"바운티라는 초코바가 있었어."

물론 나도 초콜릿이 기억난다. 하지만 '바운티'라는 초콜릿은 생각나지 않았다. 기억나는 초콜릿이라면 데어리밀크, 펭귄, 밀키바, 프레도 따위다.

"초콜릿 속에 작은 코코넛 조각이 가득했어. 설탕으로 끈적거리고. 나는 늘 초콜릿 부분을 먼저 다 먹고 가운데 부분을 먹었지. 밀크초콜릿은 포장지가 파란색, 다크초콜릿은 진한 빨강이었어."

"코코넛은 호두 같은 거야?"

"아니, 아니. 달콤한 맛이 나고, 자잘한 조각이 잔뜩 뭉쳐져 있어."

물어본 것이 후회됐다. 이전 시대 이야기를 할 때면 엄마가 조용해졌기 때문이다. 일하느라 말이 없어지는 것과는 달랐다. 적당한 말을 찾을 수가 없어 입을 다무는 것이었다.

잠시 뒤, 엄마가 말했다.

"아무 생각 안 했어. 나뿐 아니라 모두가 말이야. 가게에서 초콜릿이나 과자가 눈에 들어오면, 맛있어 보이면, 아무 생각하지 않고 샀어."

엄마가 고개를 절레절레 흔들며 덧붙였다.

"배가 안 고파도 샀어!"

"왜?"

"왜 그랬나 기억이 안 나."

엄마는 잠시 말이 없다가 이어 말했다.

"그냥 있으니까 샀어."

로웨나

어디서부터 시작해야 할지 모르겠다. 그러니까 아무래도 그냥

나는 글쓰기가 낯설다. 학교를 졸업하고 지금까지 긴 세월 동안 글을 쓰지 않았다. 하지만 그러고 보면

오늘은 날이 어둡다. 그래서인지 이런 생각을

전에도 기록을 시도했지만 잘 안 됐다. 쓰고 나서 읽어보면 현실 같지가 않았다. 꼭 남에게 일어난 일 같고, 진짜 세계의

일 같지 않았다. 하지만 종말 이후로 작가들이 세상을 떠났으니 나라도 무언가를 써야 할 것 같다. 지금 쓰지 않으면 앞으로도 쓰지 않을까 봐 두렵다.

종말은, 눈 깜짝하는 사이에 일어났다. 이 글을 읽는 당신이 궁금해할까 봐 처음부터 확실하게 말해두는데, 나는 정확히 무슨 일이 일어났는지 알지 못한다. 제대로 된 정보가 없다는 뜻이다.

그때 덜란은 학교에 있고 나는 직장에 있었다. 내가 일하는 곳은 어린이와 노부인이 주로 찾아오는 미용실이었다. 이 연령대 손님들을 위한 미용실은 보통 더 비싸다. 반짝이는 매니큐어도 바르고 눈썹 손질도 받을 수 있는 곳. 그런 미용실이나 그런 손님들과 어울리지도 않는 나를 고용해 주고, 내가 하교 시간에 맞춰 덜란을 데리러 갈 수 있게 일찍 퇴근시켜 주기도 했던 미용실 주인 게이노르에게 고마울 뿐이었다.

바쁠 때는 하교한 덜란을 데리고 다시 미용실로 가서 일하기도 했는데, 그러면 덜란은 세면대 옆 가죽 의자에 앉아 노부인 손님들과 옛날식 정겨운 말투로 대화를 나눴다. 덜란이 무슨 솜씨를 부린 것인지 노부인들은 작고 네모난 가방을 열어 차가운 1파운드 동전을 꺼내 주곤 했다. 게이노르도 덜란에게 줄 감자칩과 펭귄 초콜릿을 준비해 두었다.

게이노르는 친절한 여자였다.

어느 날, 미용실에 늘 틀어두던 라디오에서 뉴스가 흘러나왔다. 미국의 몇몇 대도시에 폭탄이 떨어졌다는 내용이었다. 게이노르와 나는 손님들의 머리 위로 서로를 쳐다보았다. 나는 손님의 머리 손질을 끝낸 뒤 게이노르에게 몸이 좋지 않다 말했고, 게이노르는 오후를 통째로 쉬게 해주었다. 그는 내가 거짓말한다는 것을 알았지만 거짓말을 할 수밖에 없다는 것도 알았다.

그 뒤로 내가 한 일들은 이렇다.

동네 반대쪽 끝에 있는 자동차 대여소로 걸어가 화물용 밴을 하루 대여했다. 그 차를 몰고 방고르의 대형 마트로 갔더니 나처럼 공포심에 사재기를 하려는 사람들이 가득했다. 나는 건조식품을 있는 대로 카트에 담았다. 병아리콩과 강낭콩, 통보리, 봉투에 담긴 여러 종류의 쌀을 담고 또 담았다. 진통제도 허용되는 최대량으로 샀는데, 그래도 죽기로 마음먹었을 때 쓰기에는 부족한 양이었다. 그런 뒤 거대한 동굴 같은 철물점으로 가 필요한지 아닌지도 모르는 것들을 엄청나게 많이 샀다. 못, 나사, 배터리, 태엽을 감아 사용하는 손전등 두 개, 커다란 방수포. 비닐하우스 재료 두 세트. 몇 통인지도 모르게 많은 씨앗. 사과나무 묘목 두 그루(봄이었다). 밭일용 쇠스랑과 삽. 쥐약.

집으로 가는 길에는 슈퍼마켓에 들러 덜란에게 줄 프레도 초콜릿 몇 개를 샀다.

이렇게 산 것들을 모두 우리 집 차고에 쌓았다. 집 안으로 들어가서는 인터넷에서 각종 정보를 찾아 프린터로 뽑고 또 뽑았다. 토끼 덫 만드는 법. 식물 기르는 법. 직접 키운 약초를 사용하는 민간요법. 야생 식물 중 먹을 수 있는 것. 깨끗하지 않은 물을 정화해서 마시는 법.

시내로 돌아온 나는 밴을 반납하고 덜란을 데리러 갔다. 그러고는 또 슈퍼마켓에 가서 초콜릿을 좀 더 샀다. 통조림은 이미 남들이 다 사 가고 없었지만 소비기한이 별로 남지 않은 피자가 있어 저녁 식사용으로 샀다.

나는 덜란을 데리고 미용실로 돌아갔고, 덜란이 프레도 초콜릿을 먹으며 어느 노부인에게 학교 선생님 이야기를 하고 있는 동안 게이노르에게 말했다.

"우리 집에 와서 사셔도 돼요."

게이노르가 전에 한 번도 본 적 없는 긴장된 미소를 보였다.

"세상에, 로웨나…… 뭘 그렇게까지 생각해. 아무 일 없을 거야!"

게이노르는 바닥을 하얗게 덮은 흰 머리카락들을 빗자루로 쓸었다.

"그야 그렇겠죠. 그래도 만약에 갈 곳이 필요한 상황이 생기면 말이죠. 그땐 저희한테 오세요."

게이노르가 입에서 빠져나오려는 말을 애서 삼키듯 목을 가다듬었다. 게이노르는 청소를 마저 했고, 우리는 커피를 마셨다. 게이노르의 미용실은 세상에서 가장 안전한 장소 같았다.

게이노르와의 나머지 대화는 기억나지 않지만 덜란을 데리고 미용실을 나오며 내가 한 말은 기억난다.

"그동안 저한테 정말로 잘해주셨어요."

하루 이틀 베풀어 준 친절이 아닌데 왜 새삼 그런 말이 나오는지는 알 수 없었다. 게이노르는 처음 만났을 때부터 매일 같은 장소에서 같은 태도로 나를 대해준, 그럼으로써 나를 보살펴 온 사람이었다.

며칠이 지날 때까지는 전과 다른 것이 없었다. 덜란은 여전히 등교했고 나는 여자 손님들의 머리카락을 손질했으며 차고에 쌓아둔 비상용품들은 빚까지 내며 부린 어리석은 사치 같았다.

그러던 어느 아침, 노부인의 머리카락에 밝은색 염색약을 바르고 있던 중 전기가 끊겼다. 아무 일도 아닌 것처럼. 깜빡거리지도 않고 그렇게 끊긴 전기는 다시는 돌아오지 않았다. 라디오가 갑자기 조용해지고, 조명 밑 의자에 앉은 손님이 중얼거렸다.

"젠장, 이제 어떻게 되는 거야?"

몇 분을 기다려도 전기가 돌아오지 않아 나는 손님의 머리를 찬물로 감겼다. 손님은 감기가 떨어진 지 얼마 안 됐다며 불평했다.

"학교에도 전기가 끊겼을까 봐 그러는데, 잠시 다녀와도 될까요?"

내가 묻자 게이노르가 대답했다.

"오늘은 이만 퇴근해도 돼. 어차피 전기가 안 들어오면 가게 문 닫아야 하는데 뭐."

학교에 가니 학생들이 밖에서 놀고 있었다. 나는 잠시 그 옆에 서서 덜란을 기다렸다. 덜란은 비행기 흉내를 내며 놀고, 함께 있는 두 친구도 그랬다. 덜란의 두 팔이 마치 십자가에 못 박힌 사람처럼 펼쳐져 있었다.

우리는 집으로 왔다.

그 뒤로 전기는 영영 돌아오지 않았다. 처음 며칠은 기다렸지만 어느 정도 시간이 흐르자 기대가 사라졌다. 덜란은 내게 언제 다시 학교에 가느냐고 물었고, 나는 잘 모르겠다고 대답했다.

지금, 나는 딱딱하게 굳은 사람이 된 것 같다.

때로는 예전의 내가 생각난다. 예쁘고 깔끔한, 언제나 언제나 노력하는 여자 로웨나. 화장품, 고데기, 매니큐어. 열두 살 이후로는 늘 다이어트를 했던 나인데, 지금은 마른 몸에 근육이 많고, 피곤하고 걱정이 많으며, 무표정하다. 8년 동안 화장을 하지 않았고, 머리카락이 희끗희끗해지고 있다. 서른여섯 살이다.

덜란

오늘은 우중충한 하루일 거라 생각했다. 하지만 그렇지 않았다.

서닝데일로 가는 길옆에는 엄마가 놓은 덫이 있는데, 나는 오늘 아침 일어나자마자 그 덫에 잡힌 것이 있나 확인하러 나갔다. 뿌연 갈색 같기도 하고 회색 같기도 하면서 한편으론 밝기도 한 날씨가 어쩌면 꼭 더러운 담요 같아서, 온 세상이 답답해하는 듯했다. 공기가 짙고 무더운 게 비가 올 것 같았다. 밭의 채소들한테는 비가 필요한데, 나는 햇빛이 필요했다.

서닝데일 진입로로 서둘러 가면서도 기대는 안 했다. 덫에 짐승이 잘 잡히는 터가 아니다. 길 끝에 놓은 큰 덫이 훨씬 나은데, 뭐, 아무튼. 그런데 오늘은 그 작은 덫에 무언가가 잡혀 있었다.

가까이 가보니 산토끼였다. 보통 토끼와는 다른 갈색 털이 나 있고, 고양이만큼이나 컸다. 내가 다가가는 소리를 들었는지 덫에 뒷발이 낀 채로 펄쩍펄쩍 뛰었다.

나는 무언가를 죽이는 것을 좋아하지 않는다.

엄마도 동물을 죽이는 게 싫다고 했다. 그저 고기를 먹어야 하니까 어쩔 수 없이 죽이는 거라고. 하지만 사실 그리 힘들어 하지 않는다. 엄마 표정을 보면 알 수 있다. 마치 바위처럼 굳고 빈틈이 없어, 꼭 마음속에 따뜻한 것이 아무것도 없는 것 같다. 나는 칼이 푹 들어가는 순간을 좋아하지 않는다. 그 느낌이 싫다. 칼이 들어가는 소리도 싫은데, 이게 실제 소리인지 상상의 소리인지 알 수가 없다. 동물의 비명으로 요란한 와중에 칼이 들어가는 소리는 들릴 수가 없을 것 같아서 말이다. 짐승은 죽임을 당할 때 꼭 소리를 지르는 것은 아니지만 차라리 소리를 지를 때가 낫다.

짐승들은 죽을 때 꼭 나를 쳐다본다.

나는 손에 든 가벼운 칼을 무겁게 느끼며 덫에 걸린 짐승에게로 다가갔다. 그러다 깨달았다.

토끼가 멀쩡하지 않았다.

토끼 한 마리라기보다 두 마리에 가까웠다. 몸은 하나지만 머리에 물렁물렁한 덩어리 같은 것이 붙어 있는데, 거기에 작은 입과 이빨, 조그만 귀 두 개가 있었다. 마치 눈알을 빼앗긴 듯한 죽은 눈 두 개도 있고.

나는 구토했다.

역겨웠다. 얼굴이 두 개인 토끼라니, 한 몸에 사는 하나 반의 생물이라니. 토끼의 두 번째 얼굴, 뒤통수에 달린 그 죽은 얼굴에는 토끼라는 동물의 모든 귀여운 점이 끔찍하게 변형되어 있었다.

그 토끼는 울고 있었다.

내가 왜 그랬는지는 모르겠는데, 죽일 수 없었다. 그렇게 끔찍한 것을 차마 잡아먹을 수 없어서 그랬는지도 모르겠다. 하지만 그냥 풀어주어도 되는 것을, 나는 그러지 못했다. 이유를 알 수가 없다.

나는 서닝데일의 헛간으로 갔다. 페인트와 나무 냄새가 나는 그곳은 몇 년 전과 거의 똑같다. 다른 점이 있다면 내가 그곳의 낡은 장비와 낫을 빌려 갔다는 것 정도. 돌려줄 일이 없는데도 엄마는 꼭 '빌리는' 것이라고 짚었다.

헛간에는 페인트가 흐른 낡고 흰 캔버스가 있었다. 나는 그 천을 가지고 덫으로 가 토끼 옆에 무릎을 꿇었다. 토끼가 소리지르려는 것처럼 입을 벌렸지만 아무 소리도 내지 않았다.

천으로 토끼의 온몸을 감싸니 머리와 다리 한쪽만 밖으로 튀어나왔다. 토끼는 움직이지 않았다. 나는 막대로 덫을 벌려 그 사이에 끼인 토끼 다리를 살며시 빼냈다.

토끼는 달아나지 않았다. 나는 천에 감싼 그대로 토끼를 헛간으로 데려갔다. 덜덜 떨고 있다는 점만 빼면 보통 토끼와 다르게 느껴지는 점은 없었다. 그렇게 안고 있으면 얼굴이 하나 더 있다는 것을 누구도 느낄 수가 없을 것이다.

토끼를 헛간에 두고, 밖으로 나와 잎과 풀 같은 부드러운 것들을 모았다. 토끼가 원한다면 작은 집을 만드는 데 쓰겠지 생각했다. 토끼는 수납장 뒤에 숨어 있었다. 나오기를 기다렸지만 숨어만 있어 나는 문을 닫고 헛간을 나왔다.

"덫에 뭐 잡혔어?"

집 안으로 들어가자 엄마가 물었다. 엄마는 장갑을 끼고 점심 재료로 쓸 쐐기풀을 따고 있었다.

"멀쩡하지가 않았어."

하던 일을 멈추고 쳐다보는 엄마에게 덧붙여 말했다.

"얼굴이 두 개였어."

"뭐?"

"앞발이 없고 대신 얼굴이 하나 더 있었어, 죽은 얼굴이."

엄마는 고개를 숙여 길고 가느다란 한숨을 내쉬었다.

"다쳤고?"

"많이 안 다쳤어. 그래서 보내줬어."

엄마가 고개를 끄덕였다. 헛간에 데려다 놓았다는 사실을 왜 말하지 못했는지 나도 알 수가 없다. 아마 말했으면 엄마에게 이해받지 못했을 것이다.

"망할 놈의 월바 때문이야."

엄마가 말했다. 뒷다리가 없는 새끼 여우나 두개골이 절반밖에 없어 보이는 다람쥐를 목격했을 때도 엄마는 그렇게 말했다. 나는 '망할 놈의 월바'가 무슨 뜻인지 모른다. 내가 읽은 어느 책에도 나오지 않았고, 엄마에게 물어보고 싶었지만 어쩐지 적당한 순간을 찾을 수가 없었다.

덜란

그간 여기에 글을 별로 적지 않았다. 쓸 것이 없었기 때문이다. 하지만 이제는 쓸 것이 생겼다.

나는 이 책을 전에도 읽은 적이 있다.

생물학 교과서.

표지에는 사람의 뼈대 그림이 있다. 무언가를 읽고도 이해 못 할 때가 있고, 이해한 줄 알았는데 나이가 더 들고 보면 생각했던 것과는 다른 뜻이었음을 깨달을 때가 있다. 바로 오늘 그런 일이 일어났다.

오전 내내 함께 밭에서 덫을 고치고 난 후 엄마는 모나와 낮잠을 자러 갔다. 그동안에 나는 책을 읽거나 글을 쓰라고 했다.

나는 생물학 교과서의 5단원 62쪽 '생식' 부분을 폈다.

이미 읽고 어느 정도 이해한 내용이었다. 정자가 난자를 향해 헤엄쳐 자궁 내벽에 착상하고, 조그만 아기가 자라고 자라 너무 커지면 밖으로 나와야 한다는 내용. 하지만 진정으로 이해하진 못했던 모양이다. 정자는 남자에게만 있다는 것, 아기가 생기려면 정자가 필요하다는 것을 알면서도 지금까지 그 사실을 모나의 탄생과 연결 지어 생각해 본 적이 없었다.

나는 혹시 잘못 이해한 부분이 없는지 살피며 다시 읽었다. 하지만 그런 부분은 없었다. 그리고 납득할 수 있었다. 『컬러 퍼플』* 같은 책을 봐도 그렇고, 웨일스의 수호성인인 성 다비드의 이야기에도 나쁜 남자 때문에 원치 않는 아이를 임신하게 된 여자의 사연이 담겨 있다. 여자는 남자와 함께해야 아기가 생긴다.

하지만 엄마는 긴 세월 동안 남자를 한 명도 만나지 않았다. 그러니 모나가 어디서 생겨났는지 나는 도무지 알 수가 없다.

* 미국 흑인 여성 작가 앨리스 워커가 1982년에 쓴 소설. 20세기 초 미국 남부에 사는 흑인 여성의 삶을 다루고 있다.

덜란

지난 글 이후로 생각을 많이 했다. 내가 모르는 모든 것에 관해서.

나는 모른다. 왜 책 속에는 다른 세상이 나오는지, 왜 어떤 동물들은 이상한지. 책 속 사람들은 늘 서로 대화하고 각자의 연인이 있고 외출도 하는데, 왜 엄마와 모나와 나는 이곳에만 머무르며 오직 서로만을 보는지. 그리고 왜 엄마의 얼굴은 늘 바위처럼 굳어 있는지. 말이 없는 엄마에게 이것들을 어떻게 물어봐야 할지 모르겠다.

푸이홀이 길들고 있다.

나는 얼굴이 두 개인 토끼에게 푸이홀이라는 이름을 지어주었다. 엄마가 학교에서 배웠던, 표지에 '로웨나 윌리엄스, 11학년'이라고 휘갈겨 쓰여 있는 『마비노기온』*이라는 책에서 따온 이름이다. 그 책은 내용이 어려울 뿐만 아니라 이상한 이야기들로 가득한데, 마땅히 좋아해야 할 것 같은 주인공들을 나는 좋아하지 않는다. 그런 영웅들은 늘 확신에 차서 행동한다. 하지만 푸이흘이라는 인물은 좀 마음에 든다. 그렇게 많은 실수를 하는 인물도 책에 나온다는 것이 좋다.

푸이흘은 혀 옆에서 공기가 빠져나가는 듯한 웨일스어만의 발음 때문에 소리 내어 부르기는 우습다. 익숙하지 않으면 발음하기가 꽤 어렵다. 학교 다닐 때 웨일스어를 쓴 기억이 나긴 해도 웨일스어를 잊을까 봐 겁이 날 때도 있다. 그래서 잡초를 뽑거나 불을 피우면서 자꾸만 그 소리를 내어본다.

푸이흘은 토끼에게 잘 어울리는 이름 같다. 소리가 별나지만 예쁘다. 뜻밖으로 예쁘다, 이 토끼처럼.

엄마는 글쓰기를 좋아하지 않는다. 자기가 쓴 글은 다른 책에 나오는 문장처럼 자연스럽지 않고 어색하기만 하다면서 말이다. 반면 내가 쓴 글에는 우리가 나눈 대화 등이 실감나게

* 중세 웨일스의 신화 모음집.

표현되어 있어 좋다고 엄마는 말했다.

내가 정말로 말하듯이 글을 쓰는지는 잘 모르겠다. 우리는 그다지 많은 대화를 나누지 않으니까. 엄마는 마치 음식을 아껴 먹듯 말을 아낀다. 나는 엄마보다 모나한테 말을 더 많이 하는데, 모나는 아직 어려 대답할 수가 없다. 그래도 내가 말을 걸면 모나는 옹알이로 답한다. 엄마는 어떻게 그리 오래 말없이 버틸 수 있을까.

대화 상대가 없으면 긴 이야기를 하기 어렵다. 책이 내게 말을 걸긴 하지만. 가끔은 내 말이 종말 이전 사람들의 말과 다르진 않을까 하는 의심이 들 때가 있다. 가끔씩 내가 내뱉은 표현에 엄마의 눈빛이 좀 이상해지기 때문이다. 하지만 올바르게 말하는 법을 내가 무슨 수로 알겠는가.

"사람은 원래 말하는 거랑 글 쓰는 게 달라. 그래서 사람들이 글쓰기를 좋아하지 않지."

엄마의 말에 그 사람들이 대체 누구냐고 묻고 싶었다. 종말 이전의 이야기냐고도 묻고 싶었다. 하지만 묻지 않았다. 왜냐하면 엄마가 이따금 선반 위에 얹어둔 '네보의 푸른 책' 쪽을 쳐다보기 때문이다. 엄마는 할 이야기가 많을 것이다. 써야 할 글이 많을 것이다.

로웨나

나는 게이노르 이야기를 써야 한다.

그 미용실의 냄새가 게이노르를 영혼처럼 따라다녔다.

과산화수소수 냄새, 아몬드 샴푸 냄새, 빗자루로 쓸어낸 바닥의 젖은 머리카락 냄새 따위……. 나는 어릴 때 우리 집 냄새를 좋아하지 않았으나 게이노르의 '실버 시저스 미용실'에서 나는 냄새가 꼭 내 집처럼 따뜻하고 포근하다고 생각했다.

게이노르에 관해 할 말이 참 많다. 그가 자기 사람들에게 얼마나 중요한 존재였는지에 관해서 말이다.

게이노르는 손님이 들어와 의자에 앉으면 자기가 수다를 떨어야 하는지 조용히 있어야 하는지를 그때그때 신기하게 구분할 줄 알았다. 어떤 손님은 게이노르의 시시콜콜한 이야기를 끝없이 듣고 싶어 했다. 당근 값이 얼마라든가 아침에 오가는 쓰레기차 소음 때문에 짜증이 난다든가 카이나르본 중심가 가게들의 텅 빈 진열창을 보는 것이 슬프다든가 하는 이야기들. 한편 자주는 아니어도 게이노르가 굳이 조용함을 말로 채우지 않고 내버려둘 때도 종종 있었다. 의자에 앉은 손님이 그 조용한 공백 위에 가슴속 무거운 말을 꺼내놓게 했다.

"어제 우리 언니가 죽었어요"라든가.

"2주 동안 아무하고도 말을 안 했어요"라든가.

때로는 그냥 눈물이었다. 손님이 말없이 흘리는 눈물이 주름진 얼굴 위를 어제처럼 미끄러져 내렸다.

게이노르는 머리 손질을 시작할 때와 끝낼 때, 두 손을 손님 어깨에 얹고 거울 너머로 손님과 눈을 마주 보곤 했다. 우리가 의사들에게서 느끼기를 바라지만 좀처럼 느끼기 힘든 친절함을 지닌 사람이었다.

한번은 내가 그 생각을 표현했다.

"정말 친절하세요. 모든 사람을 도우시고."

자신을 향한 말에, 게이노르는 놀란 얼굴로 미소를 지었다. 아마도 그 친절함은 천성이었을 것이다. 투명 인간 대접을 받는 데 익숙해진 노년 여성들이 게이노르에게서만은 사람 대 사람으로서의 대우를 받았을 것이다.

　몇 년 전 덜란이 내게 물었다.

　"게이노르가 우리 할머니셨어?"

　나는 어떤 이유에서인지 얼굴이 붉어졌다. 충분히 물어볼 만한 질문인데도 어이없다는 듯 대답했다.

　"당연히 아니지!"

　"그러면 우리 할머니 할아버지는 어떤 분이셨어? 기억이 전혀 안 나."

　나는 목이 메어 마른침을 삼키고 또 삼켰다. 나라는 사람은 이미 바위처럼 굳어 눈물마저 거의 말랐을 때인데도 그랬다.

　"네가 할머니라 생각해도 게이노르는 싫지 않아 하셨을걸. 그러니까 그렇게 생각해."

　피는 물보다 진하지만, 물은 넓고 넓다.

　오늘은 비가 온다. 굵고 뜨거운 빗방울이 집 위로 사납게 내리꽂힌다. 물에 관해 써야겠다는 생각이 든다. 종말 이후로 세상에는 물이 훨씬 많아졌기 때문이다.

　예전의 비 같지 않다. 학교 정문에서 덜란을 기다리며 맞던 비도 아니고, 소파에 앉아 소리를 들으면 영화가 보고 싶어지던 한가롭고 안개 같은 이슬비도 아니다. 지금의 세상에 내리는 비는 화가 나 있다. 비뿐만 아니라 모든 날씨가 다 성난 것 같다.

이건 종말 이후로 또 하나 달라진 점인데, 사람이 없고 라디오와 스냅챗과 페이스북이 없으니 나는 일상의 모든 곳에서 사람의 감정을 느낀다. 감자밭은 따뜻한 봄날에 다정하다. 집은 잔뜩 짜증을 내며 지붕에 구멍 하나를 더 냈다. 날씨는 괴팍하고 신뢰할 수 없는, 그러면서도 한시도 자기 손아귀에서 벗어나지 못하게 하는 연인 같다. 별것 아닌 일에도 화를 내는 그런 남자.

나는 늘 그런 식으로 생각한다. 날씨는 집 앞까지 들이닥치는 악마다. 겨울은 잔인하다. 부루퉁하고 꽁꽁 언 채로 찾아와 두툼하고 부드러운 눈으로 우리를 집 안에 가둔다. 여름은 겨울보다 훨씬 더 잔인하다. 숨이 막힐 듯한 더위로 식물을 죽이고 앙심을 품은 듯한 포악함으로 모든 물을 마셔버린다.

가장 고약한 점은 날씨가 진짜로 전보다 나빠졌는지 아니면 내가 날씨에 의존해 작물을 키우느라 이제야 알아챘을 뿐인지를 알 수 없다는 점이다.

비. 덥고 거칠고 흉악한 폭풍우. 이따금 번개가 아무런 경고도 없이, 마치 지구가 확실히 죽었는지 확인하려는 듯 번쩍 내리꽂히면, 거대한 것이 부서지는 듯한 천둥과 함께 와 새로운 강을 만들어내는 비. 덜란과 나는 비옷을 입고 보조 지붕에 앉아서 그 강들에 이름을 붙였다. 풀강, 흙강, 서닝데일강.

종말 이후의 세상에서는 두려움도 예전과 다른 것이 되었다. 물러가는 법이 없으니, 두려움이란 전처럼 강렬하지 않고 늘 완만하게 곁에 있는 감정이 됐다. 원래 내가 두려워하던 것들은 보험료를 제때 낼 수 있을지, 청바지가 꽉 끼지 않을지, 너무 나이 들어 보이지 않을지 따위였다. 이제 나는 감자 농사가 잘못되진 않을지, 혹시 누가 이곳에 와서 우리를 다 죽이지 않을지 따위를 걱정한다. 한편으로는 세상이 오로지 무(無)로 가득할까 봐 두렵다. 생의 흔적이 남지 않은 것만 같다. 불빛도 연기도 보이지 않는다.

덜란을 데리고 15분쯤 들판을 가로질러 린 쿰 딜린 호수에서 헤엄을 치고 몸을 씻을 때면 정말로 세상에 우리만 남은 것 같은 기분이 든다. 오직 우리만이 산속에서 생명을 이어가고 있는 것 같다.

"노아의 방주 같아."

봄의 폭풍우가 집 안으로 쳐들어오겠다고 위협하던 어젯밤, 덜란이 말했다. 예배당이나 교회에는 가본 적도 없는 내 아들이, 내가 뜨겁게 뒤얽혀 용서받을 수 없는 죄를 지었을 때

잉태된 내 아들이 성경을 안다. 덜란은 성경 속 이야기들이 좋다고 했다. 특히 신이 모든 것을 처음부터 다시 시작하려고 모든 사람과 모든 존재를 없애는 노아의 방주 이야기가 좋다고.

덜란

나에게 직접 말한 적은 없지만, 아무래도 엄마는 내가 성경 읽는 것을 좋아하지 않는 것 같다.

원래는 성경책이 딱 한 권 있었다. 깨알 같은 글씨에 책장은 휴지처럼 얇은, 커다랗고 무거운 벽돌 책. 어느 날 네보의 한 집에 들어갔을 때, 나는 거실 의자 손잡이에 걸린 가방 속에서 작은 크기의 신약성경 한 권을 발견했다. 누군가가 지갑과 선글라스와 휴대전화와 함께 그런 책을 가지고 다녔으리라는 게 참 희한하게 느껴졌다. 몹시 낡은 그 책은 내 청바지 뒷주머니에 꼭 맞았다.

책 속에는 깔끔하고 둥글둥글하면서 한쪽으로 기운 글씨체로 적힌 이런 글귀도 있었다.

트레보르 에반스에게
가장 멋진 크리스마스카드 디자인을 해줘서 고마워.
렉토르, 1925년 크리스마스에 흘란브런마이르에서

나는 그 속에 담긴 이야기가 좋다.

나에게는 말이 안 되는 것 같은 이야기들이 있다. 종말 이전의 이야기들이 그렇다. 게임과 휴대전화, 자동차와 컴퓨터가 나오는 그 이야기들을 내가 확실하게 이해할 수는 없을 것이다. 그 모든 것이 자연스럽고 평범했을 그때와 지금은 같은 세상이 아니니까.

반면 성경 속에서 일어나는 일들은 아주 오래된 일이지만 내가 사는 세상의 기준에서도 이해가 된다. 마치 예수가 엄마와 내 이야기를 하는 것 같다. 다른 사람들이 아닌 오직 우리를 위한 이야기를 말이다. 이를테면 그가 십자가에 못 박히기 전 신에게 "저는 그들을 위해 기도합니다. 세상이 아니라, 아버지께서 저에게 주신 이들을 위해 기도합니다. 그들은 아버지의 사람들이니.(「요한복음」 17장 9절)"라고 말할 때라든지. 세상을 위해 기도하는 것은 별 의미가 없지만 나와 엄마에게는 희망을 걸어봐도 좋을지 모른다.

재미있는 점이 있다.

학교에 다닐 때, 일과의 마지막 시간마다 모여서 노래와 기도를 하고 웨일스어로 말해야 했다. 선생님들은 예수와 성경에 관해 설명해 주고, 성경 속 이야기들을 들려주었다. 거기서 예수는 늘 좀 나약하고 안쓰러운 사람처럼 느껴졌다. 항상 눈빛에 슬픔이 어린 사람 말이다. 그런데 선생님이 우리에게 예수의 초상화를 그려보라고 한 어느 날, 한 아이가 예수를 커다란 흑인으로 그렸다. 아주 환한 미소에 다양한 색이 칠해진 평범한 옷을 입은 모습으로.

모두가 말했다.

"예수는 그렇게 안 생겼어!"

하지만 그때 내 머릿속 예수의 모습은 그러했고, 지금도 그렇다.

학교에서는 다들 예수를 웨일스어 발음인 '예시 그리스트'라고 불렀다. 나는 영어로 된 성경을 읽으면서도 머릿속에서는 늘 웨일스어로 떠올린다. '지저스'라는 영어 발음으로는 좀 착한 척하는 존재 같은데, 웨일스어 발음으로는 남자 같다.

나는 일할 때 성경 속 이야기들을 생각한다. 예수가 친절하고 바르고 모두를 사랑했음에도 때로는 방황했다는 사실을 떠올린다. 복음의 내용은 똑같은데 그것을 말로 전달하는 사람이 달라질 때마다 내용도 조금씩 달라진다. 모든 이야기는 모든 사람에게 조금씩 다르게 읽히기 때문이다. 이 조그만 '네 보의 푸른 책' 역시 그럴지도 모른다. 어쩌면 엄마와 나는 우리가 겪은 사실을 서로 다른 방식으로 쓰고 있는지도 모른다.

나는 엄마가 쓴 것을 읽지 않겠다고 약속했다.

내가 예수를 좋아하는 이유 하나는 마지막에 신을 의심했다는 점 때문이다. 십자가에 못 박힌 채 '나의 하느님, 나의 하느님, 어찌하여 나를 버리셨나이까?(「마태복음」27장 46절)' 하고 생각했듯이 말이다. 의심하고 더는 믿지 못하는 마음이 들었다니, 아무리 기적을 행했어도 예수 역시 평범한 존재였나 보다.

때로 나는 성경에서 읽은 이야기를 모나에게 들려준다. 쐐기풀을 따고 감자밭의 잡초를 뽑으러 비닐하우스로 들로 나갈 때, 나는 자주 모나를 데리고 간다. 모나가 더 작았을 때는 포대기로 가슴 앞에 매서 안았지만, 이제는 포대기의 방향을 바꾸어 등에 업는다. 일하는 동안 등에 모나가 뜨뜻하게 닿아 기분이 좋고, 등에 업힌 모나에게 수다를 떨 수도 있다. 모나의 언어 능력은 이제 겨우 단어를 이어서 말하기 시작한 수준이지만.

어제 린 쿰 딜린에 있는 호수로 모나를 데려갈 때였다. 맑은 날인 데다 우리도 몸을 씻을 때가 됐기 때문에 엄마는 먼저 가서 빨래를 하고 있었고 나는 모나를 등에 업고 출발했다.

"딜란, 노래."

감자밭을 가로질러 가던 중 모나가 말했다. 그래서 모나에게 노래를 불러주었다. 처음에는 머릿속에 떠오르는 시시한 노래들을 하다가 어느 순간부터 〈노아의 방주〉를 불렀고, 다음으로는 〈마에 이에순 프린드 이 미Mae Iesu'n Ffrind i Mi(예수는 우리의 친구)〉라는 웨일스어 노래를 불렀다. (다만 가사는 딱 그것밖에 생각나지 않았다.) 내 등에서 잠든 모나의 더운 숨결에 목덜미가 간지러웠다. 보이지는 않았지만 모나를 느낄 수 있었다.

몸을 씻고 말린 뒤 집으로 걸어온 우리 셋은 집 앞 정원에 앉아 저녁을 먹었다. 모든 것이 예쁘고 완벽했고, 어쩐지 희망찬 기분이 들었다. 빨랫줄에 널어둔 옷은 환하고 깨끗했으며, 짧은 바지를 입은 엄마의 다리에는 갈색 주근깨가 잔뜩 흩뿌려져 있고, 내가 산울타리 아래에 모나를 위해 만들어둔 작은 동굴에서 모나는 나뭇잎과 풀잎을 손에 쥐고 혼자 중얼거렸다.

"엄마아아아하고 딜라아아안하고 모나아아아하고 엄마아아아아."

그때 문득 엄마가 물었다.

"피자 기억나?"

풀밭에 누운 엄마의 길게 땋은 머리카락이 뱀처럼 보였다. 작은 독사.

"응. 자세히는 안 나지만."

내 대답에 엄마는 일어나 앉으며 말했다.

"그거 알아? 도시에서는 말이야. 그러니까 방고르처럼 여기랑 가까운 도시에서도 그랬는데, 집에서 전화만 걸면 누군가 피자를 들고 집으로 와줬어."

"어?"

"피자에 얹고 싶은 재료도 말만 하면 돼. 페퍼로니랑 햄을 얹은 피자를 먹고 싶다고 하면, 그렇게 구워서 상자에 넣어 집까지 가져다줬어."

"대체 그런 걸 왜 다른 사람한테 해달라고 해? 집에 오븐이 없었어?"

"있었지. 오븐이 없는 집은 없었어. 그냥 가끔, 요리하기가 귀찮았거든."

나에게는 이상한 이야기였다. 요리라는 게, 무언가를 만들어 먹는 일이 얼마나 멋진 일인데.

때로 우리는 이런 이야기를 나누었다. 밤에 정원이나 보조 지붕에 앉아, 또는 바깥 채소들이 얼어 죽을지 모른다는 걱정을 삼켜야 하는 눈 오는 밤에 집 안 벽난로 앞에 앉아 종말 이전의 이야기를 했다. 이를테면 지식과 볼거리와 글이 가득하지만 정확히 어디에 있는지는 아무도 모르던 '인터넷'이라는 것에 대한 이야기. 또는 세상에서 중요한 위치에 있는 사람들이 서로 언쟁하다가 중요하지 않은 위치에 있는 사람들끼리 서로 죽이게 만드는 '전쟁'이라는 것에 대한 이야기. 엄마는 자주 말했다.

"종말 전에는 그런 게 다 말이 됐어."

다시 말하면 이제는 말이 되지 않는다는 뜻이겠지. 어쩌면 그 둘은 서로 조금 다른 뜻인지도 모르고.

때로는 종말 이전 세상을 엄마에게 더 많이 묻고 싶다. 이를테면 나에 관해서도. 나는 어떻게 태어났고 누구와 비슷한지. 그러니까 누구를 닮았는지. 하지만 나는 묻지 않는다. 엄마는 반드시 말하고 싶은 것만 말하기 때문이다. 나는 짐작만 해야 할 때가 많다.

"지금 피자를 주문할 수 있다면 어떨 것 같아?"

나는 물었다. 피자 맛은 생각나지도 않지만 '피자'라는 말의 소리가 좋았다. 화창하고 따뜻한 느낌.

"누군가가 상자에 담아 여기로 가지고 온다면, 응?"

또 묻는 내게 엄마는 고개를 저으며 대답했다.

"주문 안 해. 다시는 그때처럼 살기 싫어."

엄마가 나에게 웃음을 지었다. 어찌나 환한 웃음인지, 나를 낳은 사람이라고 믿을 수가 없을 만큼 어려 보였다.

"우린 잘 살고 있잖아. 안 그래?"

엄마의 물음에 나는 고개를 끄덕이고 말했다.

"잘 살고 있지."

엄마도 나도 고개를 돌려, 내가 만들어낸 싱거운 노래를 부르는 모나를 바라보았다.

"노아의 바아앙주, 노아의 바아앙주, 비가 와, 비가 와……."

모나가 던져 올린 잎사귀들이 비처럼 모나의 머리에 내려앉았다. 엄마가 소리 내어 웃었다.

"우리가 잘 살고 있기는 한데, 누가 지금 소시지 롤빵 하나만 준다고 하면 이 집이고 뭐고 다 내줄 수 있을 것 같아."

엄마가 말했다. 우리 둘 다 싱긋 웃었다. 별이 하나둘 나타나 하늘에 맺히기 시작할 때까지 우리는 풀밭에 누워 있었다.

로웨나

책 이야기를 써야겠다.

초기에 일어난 일이다. 그러니까 전기는 끊겼지만 아직 그 구름이 밀려오지는 않았던 때 말이다. 종말은 한순간에 오는 것이 아니었다. 과정이었다. 그리고 지금 쓰려는 일은 종말 초기의 일이다.

나는 시내로 가서 정확히 무슨 일이 일어나고 있는지 알아보기로 했다. 전기가 끊긴 지 일주일쯤 되었던 그때, 덜란과 나는 마치 방학을 맞은 듯 별다르지 않게 집에서 소소한 일들로 시간을 보냈다. 조립식 비닐하우스 하나를 세우고, 옆집 소프 부부와 이야기를 좀 나누는 것이 우리가 하는 일의 전부였다.

우리가 소프 부부와 정원에 나와 있을 때, 데이비드가 나에게 말했다.

"마을에 다녀오고 싶으면 그렇게 해요. 우리가 덜란을 봐줄 수 있으니까. 혹시······ 챙겨야 할 사람이 있다면 여기로 데려 와서······."

그 말이 잘 이해되지 않아 쳐다보고만 있자 데이비드가 다시 말했다.

"가족이라든가······."

나는 고개를 단호히 저었다.

"가족 없어요."

"부모님 안 계세요?"

데이비드가 조용히 물었다. 어쩌면 자기 아들들을 생각하는 것도 같았다.

(이 노트에 적어야 하는 일들도 있지만 그렇지 않은 일들도 있다.)

"부모님 없어요. 저는 혼자예요."

데이비드가 고개를 끄덕이고는 이렇게 말했다.

"뭐 그러면 마을에서 일이 어떻게 되어 가는지 정도만 보고 오는 것도······."

일주일 전에 이런 제안을 받았다면 나는 더 생각해 보지도 않고 거절했을 것이다. 어린 아들을 사실상 낯선 이나 마찬가지인 두 노인에게 맡기다니.

"우리는 덜란하고 정원에 있을게요. 우리 집 헛간을 구경시켜 줄 수도 있고. 그리고 혹시…… 식품을 사올 수 있다면 좀 부탁할게요. 물론 돈을 드릴 거예요."

하지만 슈퍼마켓은 창문이 모두 깨진 채 진열장이 텅 비어 있었다. 그 옆 슈퍼마켓도, 또 다른 슈퍼마켓도 마찬가지였다. 실버 시저스 미용실도 같은 모습이었다. 운전하는 동안 차도 사람도 보지 못했다. 모든 것이 끝나버린 듯했다. 거리에 남은 것이라곤 끔찍하고 요란한 정적뿐이었다.

문틀만 남은 우리 미용실 안으로 들어서자 발아래에서 유리가 설탕처럼 바스러졌다. 금전등록기가 없어진 것은 예상한 일이었지만 굳이 거울을 깨고 의자의 솜을 뜯어내고 샴푸와 린스를 벽에 바르고 싱크대를 부수고 간 이들이 있을 줄은 몰랐다. 쓰레기통도 엎어놔서 안에 있던 회색과 흰색의 짧은 곱슬머리가 작은 구름처럼 바닥에 앉아 있었다.

"게이노르?"

고요한 이곳에서 내 목소리는 시끄럽고 무례하게까지 들렸다. 대답은 없었다. 게이노르의 집으로 이어지는 문은 잠겨 있고 발소리도 들리지 않았다. 게이노르는 이미 떠나고 없었다.

그만 나가려 돌아서는데, 미용실 문 앞에 한 남자가 서 있었다. 검은색 후드를 뒤집어쓰고 손에는 골프채를 든 그 모습에 너무 놀라 비명조차 나오지 않았다.

"로웨나? 맞지?"

후드를 벗은 남자의 얼굴을 보고, 심장이 멎는 줄 알았던 나는 비로소 한숨을 내쉬었다.

"세상에, 리히스! 심장마비 걸리는 줄 알았잖아!"

"미안, 미안, 로웨나."

리히스가 골프채를 내려놓았다.

"너인 것 같아서 내려왔어. 다락방 창문으로 내다봤거든."

학생 때 과학과 수학 수업을 함께 들었던 리히스는 럭비 경기장에서는 야수 같고, 토요일 밤에는 여자애들과 잘 노는 남자아이였다. 꼬마 때부터 이곳에서 자란 아이 중 하나지만 나는 제대로 대화해 본 적이 없었다. 때로 우리는 상대에 관해 아무것도 몰라도 알 수 있는 법이다. 리히스와 그 무리는 나에게 그저 산이 거기에 있듯 자기 자리에 있는 존재들일 뿐이었다.

"다들 어디로 갔어? 게이노르는?"

리히스는 길을 잃고 혼란에 빠진 어린 소년의 표정을 하고서 고개를 저었다.

"없어. 다 떠났어, 거의 다. 먹을 걸 구하려고 도시로 간 사람들도 있고, 친구랑 가족을 찾으러 떠난 사람들도 있고. 나도 떠나려고 했는데, 가만히 보니까 떠났다가 돌아오는 사람이 없더라고."

리히스가 기름진 머리카락을 손가락으로 쓸어 넘겼다. 세상이 이렇게 되기 전에는 언제나 번듯한 외모에 허영이 가득한 태도였다.

"떠도는 깡패들이 왔다 가긴 했어. 현금이랑 먹을 걸 찾아 온갖 곳을 난장판으로 만들더라. 약국도 싹 쓸어 가고."

"전기가 끊겼다는 이유 하나로 이 난리가 난 거야?"

리히스가 미용실 안의 나를 가만히 보았다. 모든 것을 설명할 적당한 말을 찾는 듯했다.

"런던에 폭탄이 떨어졌지. 라디오 뉴스에 나왔어. 그 뒤론 라디오도 먹통이 됐는데, 폭탄이 하나 더 떨어졌다고 들었어. 여기랑 더 가까운 데…… 맨체스터인가 리버풀인가."

"여기? 여긴 안 돼! 왜? 여긴 아무것도 없는데!"

"지금은 없지."

리히스가 손등으로 눈썹을 쓸었다. 문득 학교 다닐 때도 그 행동을 본 기억이 났다. 이 아이만의 독특한 행동이었다. 이제 보니 불안할 때 나오는 버릇 같았지만, 그때의 나는 다르게 보앞을 것이다.

"젠장, 핵이라니. 우린 다 뒤졌어, 로웨나."

머릿속에서 버섯구름이 떠올랐다. 나는 그 이미지를 밀어내고, 마음을 진정시키는 이성적인 생각을 하려고 애썼다. '다 괜찮을 거야. 지금까지도 결국엔 다 괜찮았잖아.'

나는 물었다.

"핵전쟁이 난 거야?"

"몰라. 누가 그랬나 왜 그랬나 아무것도 몰라."

리히스가 고개를 젓고는 이어 말했다.

"우리가 세상에 나쁜 짓을 좀 했어야지. 우리 영국 말이야."

나는 두렵고 어쩔 줄 몰라 목이 조이는 목소리로 말했다.

"이제 우린 어떻게 해? 나는 어린 아들도 있는데!"

"멀리 가. 여기에서 먼 데로. 너 외딴곳에 살지?"

고개를 끄덕이는 내게 리히스는 말했다.

"그리로 가. 가서 문 잠그고 있어."

"그래도 게이노르는……."

"미치겠네, 로웨나! 게이노르는 없다니까! 다 끝이라고!"

리히스가 분통이 터지는 표정으로 덧붙였다.

"종말이라고!"

나는 천천히 고개를 끄덕였지만 이해하거나 받아들인 것은 아니었다. 누군가는 반드시 이 문제를 해결하겠지, 정부건 군대건 무엇이건, 하고 생각했다.

"고마워, 리히스."

나는 미소도 포옹도 없이 리히스를 지나쳐 미용실을 나왔다. 작별 인사를 하거나 행운을 빌지도 않았다. 하지만 리히스가 말한 '종말'이라는 표현을 빌리기로 했다. 학교 다닐 때 늘 느긋하고 인기 많던 남자가 내뱉기에는 지나치게 극적인 표현인데, 마음에 들었다. 종말이 왔고, 아직 우린 살아 있다니.

내가 바위처럼 굳기 시작한 것은 아마도 그때부터였던 것 같다.

곧바로 집으로 가야 했을 텐데, 나는 몰던 차를 도서관 앞에 세웠다. 지금도 내가 왜 그랬는지는 모른다. 도서관 창문은 그대로 붙어 있었지만 문은 떨어져 나가고 경첩만 남아 있었다.

나는 도서관 안으로 들어갔다.

사람들이 작물 재배 교재와 자기 계발서, 또 어떤 이유에서인지 유명인의 전기를 많이 가져간 듯했다.

나는 남은 책을 되는대로 챙기기로 했다. 소설 한 아름, 여행서 몇 권, 고전 몇 권, 웨일스어 교재도 몇 권.

그 책들을 집어 들기 전, 나는 오랜 적을 만난 것처럼 책장을 마주 보고 잠시 서 있었다.

하지만 결국에는 그 책들을 뽑아 차 뒷좌석에 채울 수 있을 만큼 채웠다. 집으로 모는 차 안에서 불안을 달래주는 종이 냄새가 났다. 언어의 무게가 뒷좌석에 앉은 가족 같았다.

소프 부부는 리히스의 말을 전해 듣고는 내내 그렇게 짐작했다는 듯 고개를 끄덕였다. 두 사람은 서로를 바라보면서 서글픈 미소를 지었다. 데이비드가 한 손을 아내 수전의 어깨에 무겁게 올리고 조용히 말했다.

"뭐, 그렇게 됐군."

부부에게는 두 아들이 있었는데, 한 명은 잉글랜드 남부 어딘가에, 다른 한 명은 런던에 살고 있었을 것이다. 종말 전에 여름마다 부모를 만나러 온 그들을 여러 번 보았다. 나는 그들이 부자라는 이유만으로 색안경을 쓰고는 상류층 특유의 억양, 그들의 자녀가 입은 고급 브랜드의 옷, 그들이 타고 온 반짝이고 못생긴 사륜구동 차를 몰래 보며 속으로 혀를 찼다.

하지만 데이비드가 수전 어깨에 손을 얹은 순간, 두 사람이 떠올린 것은 비싼 옷도 번쩍거리는 차도 아니었다. 두 사람이 그린 것은 아들들이 아기였을 때의 우유 냄새와 부드러운 피부였다. 첫걸음마와 세발자전거와 웃음이었다. 데이비드와 수전 사이에서 어떤 끔찍한 것이 조용하고도 고요하게 터져버렸다.

오직 숨결만이 두 사람 사이를 오가던 그 몇 초를 나는 기억한다. 닿은 손길. 정적. 두 사람 뒤로는 그보다 아름다울 수가 없는 풍경이 펼쳐져 있었다. 우리 집 정원과 나무, 지평선의 카이나르본과 앵글시, 다른 저편에 자궁처럼 자리한 린 쿰 딜린 호수. 모든 것이 그저 마땅한 방식으로 존재했다. 봄이 다정하고도 따스하게 우리를 감쌌다. 그토록 맑고 파란 하늘에서 폭탄이 떨어질 수 있다는 것이 믿기 힘들었다.

데이비드와 수전 부부는 울지 않았다. 적어도 우리 앞에서는. 수전은 풀밭에 있는 덜란 곁에 앉았다. 그러고는 성냥갑 자동차 놀이를 함께 했다. 데이비드는 내 차로 다가와 함께 책을 집 안으로 날라주었다.

"왜 웨일스어 책을 가져왔는지 모르겠어요. 사실 책을 많이 읽지도 않는데."

내가 침묵이 어색해서 내뱉은 말이었다. 데이비드는 거실에 무릎을 꿇고 앉아 책을 탑처럼 높게 쌓아주었다. 토머스 하디, 조디 피코, 데우이 프러소르. 데이비드가 콧등에 걸친 안경을 밀어 올리곤 잠시 그대로 있었다. 우는가 싶었을 때, 그가 말했다.

"우린 아마 본능적으로 가장 잃기 쉬운 것을 지키려 하는 것 같아요."

(그날 밤 나는 어느 영수증 뒷면에 그 말을 적어, 꽃 모양 자석으로 냉장고에 붙였다. '*우리는 본능적으로 가장 잃기 쉬운 것을 지키려 하는 것 같다. ─ 데이비드 소프, 2018년 5월*')

"뭘요? 책을요?"

"언어요."

"저는……."

나는 그때까지 한 번도 하지 않았던 말을 내 안에서 건져 올렸다.

"저는 웨일스어를 안 써요."

"아, 그래요? 학교를 다른 데서 다녔나 보죠?"

"여기서 다녔는데…… 웨일스어를 쓸 줄 알아도…… 굳이 쓰지 않아요."

"그렇군요."

데이비드는 더 이상 내게 하고 싶은 말이 없는 것 같았다.

"좀 복잡해요. 어릴 때 집에서는 웨일스어를 썼어요."

"아이고, 그런데도 덜란과는 웨일스어를 안 쓰는 거네요. 모국어인데도."

데이비드가 울적한 미소를 지었다.

물론 그 책들을 읽어야 했다. 우선은 소설부터. 문장 하나하나가 쉽지 않아 사전이 필요했다. 집에 아이를 위한 책은 별로 없었기 때문에 저녁이면 덜란에게 소설을 소리 내어 읽어주기 시작했다. 나는 발음이 어려워 헤매고, 덜란은 어른들 이야기가 너무 복잡해 헤맸다.

하지만 덜란은 이내 자랐다. 열 살이 되었을 땐 내 학창 시절의 웨일스어 교과서를 읽었고, 좋아하는 책도 생겨서 두꺼운 책의 맨 앞 몇 챕터를 외기도 했다. 중등학교*에 들어갈 나이가 되었을 때는 집에 있는 모든 책을 읽고, 무엇이든 혼자 해낼 수 있었다. 덜란은 이전 시대의 학교에서 배웠을 것들보다 훨씬 많은 것을 알게 됐다.

나 역시 그랬다. 원래 나는 학교에서 성적이 바닥이고, 멍청한 투명 인간 여자애였다. 미국 밴드나 영국 비누처럼 모든 멋진 것들이 영어로 되어 있으니 서서히 모국어인 웨일스어를 포기해 버린 아이기도 했다. 웨일스어 교사였던 엘리스 선생님은 내 성적표에 이렇게 적었다. '문법이 부족하고, 영어로 오염된 문장을 많이 쓴다.' 하지만 우리의 웨일스어가 바로 그

---

* 영국에서 초등학교 6학년 과정을 마친 뒤 7학년에서 11학년까지 5년간 다니는 학교.

랬다, 영어로 오염된 언어. 구어적이고 부정확하고, 완벽하지 않은 채로 완벽한 언어. 선생님은 교과서 속 웨일스어를 원했지만 나는 실제로 쓰이는 웨일스어밖에 할 줄 몰랐다.

이제 나는 이 집에 있는 모든 웨일스어 책을 읽었고, 격식에 맞고 올바른 웨일스어를 쓸 줄도 안다. T. H. 패리윌리엄스와 케이트 로버츠와 케이리오그의 웨일스어 작품들을 안다.

지금 엘리스 선생님은 어디에 있을까? 아마도 세상을 떠나지 않았을까. 하지만 나는 아직도 선생님이 자기 역할을 다하지 못한 것에 화가 난다. 종말이 오지 않았더라면 나는 아직도 내게 웨일스어 책을 읽을 능력이 없는 줄 알았을 것이고, 나의 모국어를 충분히 구사하지 못했을 것이다. 세상이 끝났기 때문에 비로소 배우게 된 단어가 너무나 많다.

나는 벽난로 위쪽에 나와 덜란이 새로 알게 된 웨일스어 단어들을 줄지어 붙여놓았다. 이제는 새로운 단어를 더하지 않지만 나는 때때로 그것을, 전깃불이 사라져버린 뒤에야 우리가 만날 수 있었던 단어들을 바라본다. 그리고 데이비드가 한 말을 생각한다. 그 단어들을 소리 내어 읽어보기도 하는데, 그러면 한때 먼 곳의 날씨를 알려주던 심야 라디오 기상 뉴스처럼 들리기도 한다.

'아두아인Adwaen'은 알아차린다는 뜻이다.

'디고바인트Digofaint'는 분노라는 뜻이다.

'에이니오이스Einioes'는 평생이라는 뜻이다.

덜란

처음에는 커다란 비닐하우스 하나뿐이었고, 지금처럼 좋지도 않았다. 바람이 불면 펄럭거리고 기둥이 쓰러지기도 했다. 공기가 샜다.

종말이 왔을 때 겨우 여섯 살이었는데도 나는 곧장 내기 잘할 수 있는 일을 찾았다. 비닐하우스를 세우고 오래된 널빤지로 모판을 만든 뒤 씨앗을 심고, 최선의 결과를 바라는 일은 엄마와 함께 했다. 하지만 물을 주는 사람은 나였다. 모가 어느 정도 자랐을 때 더 잘 클 수 있도록 서로 공간을 벌려 다시 심은 사람도 나였다. 때가 되면 씨앗을 받아 다음 해 농사를 준비한 것도 나였다.

첫 성공을 기억한다.

전기가 완전히 끊기긴 했어도 그 구름이 다가오지는 않았을 때였다. 씨앗을 심은 지 얼마 되지도 않았지만 나는 아침마다 비닐하우스로 달려가 진득한 흙 사이로 돋아난 것이 없는지 살폈다. 어떤 자리에 무엇을 심었는지 기억하려고 데이비드 할아버지와 함께 만든 조그만 푯말이 꽂혀 있었다. 어째서인지 할아버지가 웨일스어와 영어를 모두 쓰고 싶어 해서 두꺼운 웨일스어 사전을 챙겼었다.

그 푯말들이 아직 남아 있다. 한쪽 면에는 웨일스어로 다른 면에는 영어로, 데이비드 할아버지의 기울어진 글씨체로 작물 이름이 적혀 있다. 니오노드Nionod–양파, 모론Moron–당근, 로스마리Rhosmari–로즈메리.

그렇게 물을 주고 바라보고 바라기만을 하며 몇 주쯤 보냈을까. 어느 아침 무언가가 돋아 있었다. 작고 작은 생명이 감히 살아내겠다고 동그랗게 모습을 드러냈다. 네모진 죽은 흙에 솟아난 초록색의 빛, 하나의 점.

무언가가 시작되어 있었다.

온몸이 흥분으로 가득 차는 것을 느꼈다. 내가, 신기하게도 내가 세상에 무언가를 탄생시키는 데 동참했다는 자부심, 기쁨, 기적이 새로운 전기처럼 몸을 타고 흘렀다. 이렇게 엄청나고도 조그만 존재라니! 나는 위층으로 달려가 엄마를 흔들어 깨웠다.

"엄마! 나타났어!"

엄마가 비몽사몽의 상태로 일어나 앉았다.

"뭐가?"

엄마는 끔찍한 소식이라도 전해 들은 듯 물었다.

"비닐하우스에 말이야! 당근 싹이 났어!"

엄마는 온몸으로 안도의 한숨을 내뱉은 뒤 다시 누웠다. 그러고는 미소를 지으며 나를 보고 말했다.

"그래, 좋은 소식이기는 하네."

아마 그날 종일 거기에 앉아 있었던 것 같다. 그 조그만 초록의 점에 다시 무슨 일이 일어나는지를 지켜보겠다고 마음먹었다. 엄마가 나에게 의자를 갖다주었고, 비닐하우스 안이 춥지 않은데도 담요까지 챙겨주었다. 일주일쯤 지났을 땐 흙을 뚫고 고개를 내민 싹들이 한 줄을 이뤘다. 나는 그것들을 지켰다. 마치…….

'목숨이 달려 있기라도 한 것처럼'이라고 적으려 했는데, 생각해 보니 실제로 그 작물들에 우리의 생존이 달려 있었다. 당시에는 깨닫지 못한 것 같지만.

그 작물들은 폭우와 돌풍 속에서도, 엄마와 내가 너무 아파 살피러 나가지 못하던 시기에도 버티고 살아남았다. 나는 작물들에게 말도 걸었다. 내가 말하기를 좋아하기도 하고, 우습지만 나 자신을 그것들의 아빠라고 느꼈기 때문이기도 하다.

그리고 우스운 일이 하나 더 있는데, 내가 손수 기른 그 작물을 수확하는 일에 죄책감을 느꼈다는 것이다. 감자와 당근을 흙에서 뽑아내 개울에 씻고, 커다랗고 날카로운 칼을 갖다 대는 것이 미안했다. 얼마나 오랜 시간 동안 자라왔는데. 수많은 것이 죽어가는 사이에도 이렇게 살아남았는데. 나는 그 작물들을 사랑했고, 그것들이 계속해서 존재하기를 바랐다.

"직접 기른 걸 먹는 날이 와서 좋아할 줄 알았더니!"

어느 날 나와 함께 비닐하우스 앞에 서 있던 엄마가 말했다. 엄마는 이미 쇠스랑을 흙에 꽂고 감자 캘 준비를 하고 있었다.

"네가 손수 키웠잖아! 너무나 잘했어, 덜란."

나는 나오려는 울음을 삼키고 또 삼켰다. 솔직하게 말하기 싫었다. 스스로 생각해도 너무나 어리석은 이유로 눈물을 쏟고 싶지 않았다.

엄마가 허리를 숙이고는 내 뺨을 어루만졌다. 엄마에게서 우리가 키우는 민트의 향이 났다.

"마음이 쉽지 않겠네. 죽지 않게 지키려고 그렇게 애쓴 걸 먹는다는 게."

나는 말을 하면 울음이 터질 것 같아 고개만 끄덕였다.

"음, 책에 나온 내용 다 기억하지? 다 먹어 없애는 게 아니라 내년에 다시 심는 데도 써야 해. 올해 씨를 모아서 내년에 심는 거야. 그다음 해에도 그렇게 하고, 그다음 해에도 그렇게 해. 그러니까…… 채소가 자식을 낳는다고 생각해도 좋아. 우리가 해마다 새로 태어나는 작물을 잘 키워내자."

어느 정도 말이 되기는 해도 아직 배신처럼 느껴지기는 마찬가지였다. 종말 이후, 엄마도 먹기 위해 짐승을 죽였다. 토끼와 다람쥐와 덫에 걸리는 다른 모든 짐승을. 하지만 이 일이 훨씬 괴로웠다. 그 짐승들과는 아는 사이가 아니었으니까.

"죽이기가 싫어."

내 말에 엄마가 고개를 끄덕였다.

"이해해. 그래도 식물은 우리랑 달라, 델란. 고통을 못 느껴. 무슨 일이 일어나는지 몰라. 그냥 식물일 뿐이야."

정말 그런지는 알 수가 없었다.

눈물이 비로소 흘러나온 것은 감자를 먹었을 때였다. 내가 키운 차이브, 민트, 세이지와 소금으로 속을 채우고, 전날 저녁에 먹고 남은 토끼 고기도 약간 넣어 한 시간 동안 구운 감자였다. 나는 울었다. 이상한 울음이었다. 얼굴이 일그러지거나 숨이 빨라지거나 하지도 않은 채, 뜨겁고 굵은 눈물만 두 볼을 타고 흘러내렸다.

　엄마가 내 손을 잡으려 했지만 난 고개를 저었다. 그것은 행복해서 나는 눈물이었다. 나는 일곱 살의 나이에 식량을 만들어냈고, 그 어린 마음속에서도 내가 누구인지를, 어떻게 살아야 하는지를 확신할 수 있었다.

로웨나

덜란 이야기를 써야 할 것 같다. 덜란을 자주 보지 못하기 때문이다.

물론 늘 곁에서 보기는 한다. 우리는 늘 같이 있으니까. 하지만 매일 보면 오히려 안 보이게 된다. 사람은 곁에 있으면 흐릿해진다.

덜란 흘러웰린 윌리엄스.

사실은 덜란이 아닌 흘러웰린이라고 이름을 짓고 싶었는데 그러기에는 내가 충분히 웨일스인답지도 않고 중산층도 아니어서 포기했다.

덜란은 방고르에 있는 어스버티 귀네드 병원의 분만실에

서, 1월의 화요일에 태어났다. 몸무게는 8파운드 1온스*였다, 그때도 이미 파운드와 온스 단위를 쓰지 않았지만. 머리카락은 검은 새의 깃털에 햇빛이 내리비친 것 같은 흑발이었다. 윤기가 나고 부드러웠다.

덜란은 몸에 상처를 지닌 채 태어났다. 머리 한쪽을 수술 기구에 크게 베어 곡선으로 흉터가 났다. 의사가 아이를 잡아 빼는 과정이 너무나 야만적으로 느껴져 나는 말할 수 없이 놀랐다. 병원이라는 곳에 어울리지 않는 것처럼 느껴지는 분투였다. 아이가 세상으로 쑥 넘어오는 것이 아닌, 복잡하고 폭력적이고 끔찍한 과정이었다. 내장이 뽑히는 기분이 들었다. 흉악한 데다, 평화로움이라고는 찾을 수 없는 출산 과정에 아찔한 충격을 받았다. 아이를 낳는 일이란 흠씬 구타를 당하는 일 같았다.

덜란의 아버지는 오지 않았다. 친구 엘라가 오기로 했지만 그날 밤 전화를 받지 않았다. 그래서 덜란이 세상에 나올 때 나는 혼자였다. 나는 시작부터 혼자였다.

종말이 온 뒤, 존재한다는 것의 의미가 몹시 달라졌다.

덜란이 아직 꼬마일 때, 덜란으로 인한 모든 것이 경이로웠

* 약 3.9킬로그램

던 시절이 있었다. 조그만 손가락. 이따금 자다가 짓는 미소. 품에 안으면 사랑스러운 무게와 온도. 갓 부모가 된 설렘. 내 얼굴을 가만히 보다가 나를 알아보고 짓던 덜란의 미소. 내가 밥을 하거나 화장실에 가려고 품에서 내려놓으면 징징거리며 내뱉던 울음. 그리고 제 발로 일어설 수 있게 된 덜란이 청바지 입은 내 다리를 감싸안던, 통통한 두 팔로 나의 중심을 잡아주 던 순간.

한때 우리 사회에서 아이를 갖는 일은 순교적인 일로 여겨 졌다. 자신의 이기심은 밀어두고 자식을 위해 살기로 한 일이 라는 듯 말이다. 하지만 사실 사람들이 아이를 낳는 이유는 그 저 자기 삶에 목적을 두고 싶어서였다. 삶에서 좋은 역할, 가치 있는 역할을 보장받고 싶어서. 온전히 자신에게만 의존하는 존재를 탄생시키는 것이 종말 이전에는 좋은 일이었다. 지금, 그것은 잔혹한 일이다.

이제 아이를 가지는 것은 무엇보다 이기적인 일이다.

우리는, 덜란과 나는 언제나 한 팀이었다. 어떤 지형에서든 잘 움직이는 아기차와 〈꼬마 기관차 토머스와 친구들〉과 자녀 양육 보조금만을 무기로 세상과 맞서는 단둘이었다. 나한테 는 어떤 가까운 사람도 남아 있지 않았다. 적어도 우리 마을에 는 없었고, 나는 게이노르와 미용실을 떠나 불빛 환한 방고르나 카이나르본으로 가고 싶지도 않았다.

아아, 나는 사무치는 외로움을 느꼈다.

금요일 밤이면 집은 따뜻하고 아늑했고, 붉은 얼굴로 지쳐 잠든 덜란은 비누와 땀띠 파우더와 우유 냄새를 풍겼다. 나는 때로 포도주를 마셨지만 나 혼자 먹으려고 한 병을 따는 것은 낭비여서 대개 코코아나 차를 한 잔 마셨다. 텔레비전에서 저질 프로그램들을 보거나 페이스북에서 완벽한 삶처럼 꾸며낸 게시물을 보았다. 청소를 조금 하고 몇몇 친구에게 메시지를 보냈다. 따뜻한 집과 건강한 아들이 있는, 부족한 것 없는 삶인데도 마음에는 늘 어딘가 잔인하고 불안한 느낌이 있었다. 나는 피곤해질 때까지 기다려 잠자리에 들었다. 나를 보지 못하는 화면들에 내 저녁을 바쳤다. 다른 사람들의 삶을 보며 내 삶을 낭비했다.

삶이 따분했다.

내 아이들은 좀 남달랐다. 하지만 그 이야기를 하려면 나도 남달랐음을 먼저 이야기해야겠지. 나는 뼛속부터 수줍은, 조용하고 움직임 없는 아이였다. 내내 학교를 같이 다니기는 하지만 어느 날 사라져도 눈치챌 사람 없는 아이. 물론 이유가 있다. 내 탁한 유년 시절의 어두운 형상들. 하지만 그것에 관해서는 쓰지 않을 것이다. 세상 모든 일이 알려지고 기억되어야 하는 것은 아니다.

❖

덜란은 다른 아이들과 달랐다. 아마 내 잘못이었을 것이다. 생활하는 모습에 어쩐지 불안한 면이 있었다. 행동이 어딘가 수줍었다. 동네와 학교와 세상의 모든 사람이 타인의 시선을 갈구하는데, 덜란은 남의 눈에 띄지 않기만을 바랐다.

그랬던 덜란이 종말 이후 마치 다른 아이가 된 것 같았다.

물론 모두가 달라졌다. 하지만 덜란은 처음부터, 직후부터 변했다. 전기가 들어오지 않은 지 사흘이 되었을 때, 덜란은 더 이상 내게 휴대전화를 보여달라고 조르지 않았다. 아침에 내가 일어나기도 전에 정원에 나가기 시작했다. 나는 열흘쯤 지났을 때부터 누군가가 와서 덜란을 납치해 갈지도 모른다는 걱정이 사그라들고, 덜란이 앞마당 울타리 아래에 혼자 나가 있어도 괜찮으리라 믿게 되었다.

나를 도와 비닐하우스를 세우기에는 너무 어린 나이였다. 그런데도 덜란은 나를 도왔고, 실제로 도움이 되었다. 그리고 작물을 기르기 시작한 뒤로는 잡초 뽑기와 채소 심기, 물 주기를 했다. 성냥갑 자동차 경주를 하고 점토로 괴물 만들기를 하면서도 내 아들은 땔감을 모으고 들판을 뒤져 버섯을 땄다. 불안한 작은 소년에서 커다란 소년이 되었다. 자신에게 목적이, 할 일이 있음을 아는 소년.

지금의 새로운 세상에는 숨을 곳이 없다. 사람 사이의 적절한 거리를 누릴 수 없어서 거짓말을 할 수가 없다. 나는 덜란이 어떤 아이인지 정확히 안다. 강하지만 다정하고 현명하고 씩씩하다. 때로는 너무 조용한데, 멀리 산을 내다보거나 앵글시 쪽을 바라보며 내가 알 수 없는 것들에 마음이 가 있는 것 같다. 덜란이 숨을 곳이라고는 자기 마음속밖에 없다.

덜란은 키가 나보다 크다. 햇빛 때문에 피부는 갈색으로 타고 검은 머리카락에는 붉은 기가 돈다. 깊은 물속같이 파란 눈과 각진 턱을 보면 언젠가 잘생긴 청년이 되리라는 것을 알 수 있다. 물론 너무 말랐다. 하지만 피부 아래 근육이 단단해 병약해 보이지 않는다.

앞니가 약간 비뚤어지고, 또 어떤 치아는 살짝 덧니인 것이 마치…….

아니, 이래선 안 된다.

덜란이 제 아버지에게서 물려받은 유일한 특징이 바로 그것인 듯하다. 흠이면서도 사랑스러운, 비뚤어진 앞니. 그 생각이 머릿속에 떠오르도록 내버려두다 보면 나는 옛날, 어느 새벽빛 속의 미소도, 친절한 말과 희망적인 약속을 가득 속삭이던 입도 떠오르고 만다.

　사춘기로 접어든 덜란의 턱 밑에 구불구불한 검은 털이 새
순처럼 자라던 어느 날이었다. 나는 그날따라 유난히 기분이
좋았다. 덜란과 함께 감자밭 주변에 도랑을 파다가 가만히 아
들의 모습을 지켜보았다. 아이치고는 근육이 너무 많고 노동
으로 어깨가 떡 벌어진, 거의 어른이 되어가는 내 아들이었다.
덜란의 뒤로 펼쳐진 바다에서는 반짝이는 칼날처럼 햇살이
빛났고, 심심한 자연의 색깔들이 화사해 보였다. 그날은 모든
것이 사랑스럽게 느껴졌다.
　"너 정말 잘생겼다!"
　나는 말했다. 이제 외모가 중요하지 않은 세상인데도 나는
아들의 아름다움에 자랑스러움을 느끼는구나, 생각하며.
　덜란이 허리를 펴고 나를 보더니 싱긋 웃었다. 어른의 얼굴
에서 나오는 어린아이의 미소였다.
　"엄마, 나 아빠 닮았어?"
　직접적인 질문이었다. 날카로움이라고는 없는 그저 단순한
물음.
　갑자기 덜란이 잘생겨 보이지 않고, 풍경이 화사해 보이지
않고, 바다도 다시 차가운 회색의 배경이 되었다. 나는 아무 대

답 하지 않았고, 모든 것에서 기쁨이 빠져나가 텅 비도록 내버려두었다. 그리고 다시 일하기 시작했다.

나는 덜란이 다시 물어보지 않으리라 생각했다. 실제로도 덜란은 묻지 않았다. 덜란이 가장 두려워하는 일은 내가 웃음기를 거두는 일이고, 그래서 바위처럼 굳은 표정은 나의 가장 큰 무기가 되었다. 덜란은 아마도 다시는 감히 아버지에 관해 묻지 못할 것이다. 그레타가 어디에서 왔는지도 묻지 못할 것이다. 나에게 어떤 압박도 주지 못할 것이다. 덜란은 내가 얼마나 잔인해질 수 있는지 알기 때문이다.

어떤 질문들에 절대로 대답하지 않기 위해, 나는 마음속 무기고에 시린 차가움을 쌓아두었다.

덜란

모나가 기침을 조금 한다. 엄마가 그렇게 표현한다. '기침 조금'이라고. 아프기는 하지만 큰 문제는 아니라고. 엄마는 우리에게도 옮겠다고 했다. 기침은 벽에 난 습기 얼룩처럼 퍼져 나가는 것이라 막을 방법이 없다면서.

모나는 내내 힘들어한다. 잠을 자지 않고, 눕히는 것을 싫어한다. 나와 엄마를 다 싫다고 하면서 또 우리가 멀어지는 것도 싫어하니 이상한 노릇이다.

엄마는 모나를 포대기로 배에 묶고, 아무 문제도 없는 것처럼 데리고 다닌다.

내가 더 어렸을 때, 그러니까 종말이 온 뒤로 몇 년이 지났을 때, 몸이 아플 때면 갈색 병에 든 분홍빛 액체를 마셨다. 이상하면서도 달콤한 맛, 마치 수많은 인동덩굴을 한꺼번에 먹는 것 같은 느낌이었다. 하지만 그 분홍색 액체는 동난 지 오래고, 우리는 아주 작은 그 병을 피클 병으로 쓴다. 꼭 맞는 흰색 플라스틱 뚜껑이 있다.

모나가 걱정된다. 모나의 뺨이 너무 붉고, 눈 깜박임 역시 너무 이상하고도 느릿느릿하기 때문이다. 하지만 엄마는 모나가 강하며 이것은 그저 감기일 뿐이라고 말한다. 엄마는 나에게도 전사라고 한다. 싸울 대상 하나 없는 이 세상에서 어찌 그렇게 전사 같은 면을 지니게 됐는지 모르겠다면서 말이다.

어젯밤, 머리 위 방수포 덕분에 비에 쫄딱 젖지 않고도 보조지붕에 앉았던 그 시간, 엄마에게 물었다.

"왜 사람들은 어떤 책은 믿고 어떤 책은 안 믿었어?"

"무슨 말이야?"

"그러니까…… 사람들이 성경은 믿었잖아, 해리 포터는 안 믿고."

엄마의 이마에 주름이 생겼다.

"완전히 다르지. 해리 포터는 소설인데."

"그건 그렇지만, 성경도 이야기잖아. 그러니까 왜 어떤 이야기는 믿어야 하는 이야기고, 어떤 이야기는 그렇지 않은 거야?
해리 포터 시리즈에도 좋은 교훈이 얼마나 많은데.『사이더 위
드 로지Cider with Rosie』*에도.『흘라드 디우Lladd Duw』**에도."

내가 알기로 엄마는『흘라드 디우』를 읽지 않았다. 웨일스
어로 쓰인 책인데, 그 책에 담긴 끔찍한 내용을 알면 엄마는 내
가 그 책 읽은 것을 달가워하지 않을 것이다. 아주 재미있는 책
이다.

한쪽 눈썹을 올려 보일 뿐인 엄마를 향해 나는 말했다.

"진지해! 이해가 안 돼서 묻는 거야, 엄마."

"사실 나도 이해는 안 돼. 나도 몰라. 그래, 어쩌면 모든 책을
동등하게 대하고, 성스러운 책이 무엇인지는 각자가 정해야
옳은지도 모르겠다."

우리는 책 취향이 아주 다르다. 엄마는 같은 책을 빠르게 여
러 번 읽는다. 브론테 자매, 케이트 앳킨슨, 베산 구'아나스의
책들. 자신과 비슷한 여자들이 이전 세상을 살아가는 내용의
책을 읽는다. 아무래도 자기와 닮은 여자들이 세상에 존재했
음을 기억하고 싶은 것 같다. 엄마는 원래 웨일스어 책을 많이
읽지 않지만 예전보다는 많이 읽는다. 엄마가 입을 오물거리

---

* 영국 작가 로리 리가 쓴 제1차 세계 대전 배경의 자전적 성장소설.
** 웨일스 작가이자 음악가인 데우이 프러소르가 쓴 문명 종말에 관한 어두운 소설.

면서 웨일스어 책을 읽을 때면 그냥 소리 내어 읽었으면 하는 생각이 든다. 내가 웨일스어를 눈으로만 읽는 것이 아니라 귀로도 들을 수 있게.

엄마는 이미 수없이 읽은 책들인데도 그 책 속에 푹 빠져들곤 한다. 나는 책을 천천히 읽고 난 뒤 제대로 기억하기 위해 곧바로 다시 읽는다. 가끔은 같은 책을 여덟 번씩 쉬지 않고 연이어 읽는다. 『나를 운디드니에 묻어주오』를 거의 외우고, 카릴 레우이스의 『어 게미드Y Gemydd』도 일부 외우며, 존 윈덤의 『크라켄의 각성』 시작 부분도 훤히 안다. 일할 때 모나에게 그 문장들을 읊어주면 모나는 다 이해하지 못하면서도 귀를 기울인다.

엄마도 때로 종말 이전 세계 이야기를 하지만 나는 그 세계를 책으로 더 많이 배우는 것 같다. 엄마는 모든 것이 정신없이 빨랐고, 모든 사람이 너무 많은 것을 가진 시대였다고 했다. 하지만 책에는 훨씬 많은 내용이 나온다. 엄마는 흘뤼드 오웬의 책에 나오는 것만큼 많은 살인이 일어나지 않았고, 자서전 속록 스타 모리시처럼 슬픈 사람은 없었다고 말했지만 바로 그 부분들이 흥미롭다는 것을 엄마는 알지 못한다.

종말이 오기 전, 사람들은 정말로 이렇게 서로를 대했을까?

책에 나오는 것처럼 아주 사소한 일로 티격태격 다투고, 어떤 사람들하고는 친하면서 어떤 사람들과는 친하지 않고? 부모와 자녀 사이가 멀어져 평생 서로를 보지 않고 살아가는 이야기도 읽은 적이 있다. 그 세계에서는 정말로 그런 일이 일어났을까?

하지만 종말 이전 세계에서 가장 이상한 부분은 내 기억에도 남아 있는 어떤 부분이다. 책에서는 언급되지 않지만, 누구의 입에도 오르지 않은 채 세상 모든 곳에서 일어나는 일이다. 어젯밤 엄마에게 그 부분에 관해 물었다.

"종말 이전에는 사람들이 서로를 그냥 지나쳐 갔지?"

"그게 무슨 말이야?"

"길에서나 가게에서나 말이야. 아무 말도 안 건네고 그냥 서로를 지나쳐 갔잖아. 서로를 쳐다보지도 않고."

엄마가 내게 조금 더 가까이 다가왔다. 추웠지만 방수포가 비를 막아주어 몸이 보송했다.

"넌 정말 그게 기억이 안 나?"

흐릿한 기억이었다. 하지만 지금의 세계, 엄마와 모나와 나 말고는 아무도 남지 않은 이 세계를 기준으로 생각하면, 사람들이 서로를 그렇게 대한다는 게 너무나 이상한 일 같다.

엄마가 말했다.

"그래, 맞아. 수없이 많은 사람이 매일 그렇게 했어. 가게에서도 주차장에서도 거리에서도. 아무 뜻 없이 서로를 스쳐 지나갔지."

"어떻게 그런 세상이 있을 수 있는지 모르겠어."

엄마가 후드를 벗고는 나를 보았다. 깜깜한 밤이 엄마의 눈을 삼켰지만, 나는 엄마가 지은 표정을 짐작할 수 있었다.

"덜란, 너라면 어떻게 할 거야? 내일 당장 누가 여기에 나타난다면?"

"너무 좋겠지!"

그런 일은, 엄마와 모나와 내가 아닌 다른 사람의 존재는 감히 상상도 못 해봤다는 듯 내가 대답했다.

"집으로 들어오라고 할 거야? 집에서 지내게 하고 음식도 주고?"

"당연히 그렇게 하지!"

"그런데 만약에, 음…… 네 명이면? 너랑 나랑 모나가 먹을 음식도 부족한데 입이 넷이나 늘게 되는 거면? 그러면 어떡할 거야?"

"어떻게든 문제를 해결할 거야. 채소를 더 심고, 비닐하우스도 더 세우고."

엄마가 오랫동안 말이 없다가 이렇게 말했다.

"너는 마음이 참 따뜻해, 덜란."

"마다이 이 니 에인 디브르와데르Maddau i ni ein difrwader."

엄마가 의아하다는 듯 쳐다보았다. 너무 복잡해서 엄마는 이해할 수 없는 웨일스어 문장이었다.

"'우리의 무관심을 용서하라'는 뜻이야."

나는 그 네 사람을, 이곳저곳을 돌아다니며 머물 곳을 찾는 상상 속 사람들을 생각했다.

"성경을 잘 아네."

성경을 잘 모르는 엄마가 말했다.

"알레드 레우이스 에반스가 쓴 시 구절이야. 모나한테 읊어 주면 좋아해. 그 소리가 좋은가 봐."

"어련하겠어."

엄마가 한숨을 내쉬며 말했다. 성경이나 그 비슷한 것들에 대한 엄마의 반응은 유별나다.

비가 느려지다가 멈추었다.

"정말 완벽해, 이 적막함."

엄마가 말했다.

우리는 집 안으로 들어가서 불에 주전자를 올리고 쐐기풀 차를 우려내 마셨다. 엄마는 이미 수없이 읽은, 청소년을 위한 웨일스어 소설 한 권을 읽었다. 엄마는 책을 들고 의자 깊숙이 앉았다. 나는 카라도그 프리트하르드라는 작가가 쓴 자서전

『아발 드루그 아다Afal Drwg Adda(아담의 나쁜 사과)』를 다시 읽었다. 책 속에서 그는 자전거를 타고 이곳저곳을 돌아다닌 이야기를 썼는데, 그리도 할 일이 많고 갈 곳이 많다는 게 어떤 건지 상상하는 일이 즐거웠다.

"담요 줄까?"

내 물음에 엄마는 고개를 저었다.

엄마는 아주 행복해 보였다.

로웨나

어제, 덜란이 내게 '윌바'가 무엇이냐고 물었다. 나는 몇 번 마른침을 삼켰다. 나오려는 그 말을 다시 목구멍 속으로 깊이 삼켜버리고 싶었기 때문이다. 결국 나는 이렇게 말했다.

"사전에서 안 찾아봤어?"

덜란은 찾아봤다고, 하지만 나오지 않았다고 말했다. 웨일스어 사전도 찾아보았느냐고 물었더니 덜란은 돌아서서 사전을 넘겼다. 사전에서 윌바를 찾은 뒤, 이해되지 않는다는 듯 미간을 찌푸렸다.

"윌바는 망루 또는 감시탑이라는 뜻이네."

나는 억지웃음을 지으며 말했다.

"발음이 듣기 좋잖아."

하지만 그렇지 않았다. 나에게는 아니었다.

윌바는 앵글시의 다른 쪽에 있는 핵발전소의 이름이었다.
나는 그것보다 더 추악하고 잔인한 단어를 들어본 적이 없다.

전기가 끊긴 뒤 6주쯤이 흘렀을 때였다. 6주란 새로운 삶의
방식에 적응할 만큼 긴 시간이었다. 우리 집과 이어지는 작은
도로로 들어오는 사람은 아무도, 단 한 명도 없었다. 우리 삶에
는 오로지 네 사람뿐이었다. 나와 덜란, 데이비드와 수전 소프
부부.

끔찍한 재난의 징조가 먼저 찾아왔다.

우리가 소프 부부네 잔디밭에 낡은 담요를 깔고 시간을 보
낼 때였다. 수전은 나와 함께 앉아 있고, 데이비드는 덜란과
함께 정원 끝 연못가에 가 있었다. 덜란은 펼쳐진 사전 앞에
무릎을 꿇고 있었는데, 자연에서 보이는 것들의 웨일스어 이
름을 찾아보는 중이었다. 마드바흐madfall(도마뱀), 말루오드
malwod(달팽이), 모르그리그morgrug(개미). 나는 웨일스어 단어
들을 익히는 데 저토록 열정적인 데이비드가 왜 진작 웨일스
어를 제대로 배우지 못했을까 궁금해졌다.

그때 갑자기 무엇인가가 사방에서 나타났다. 민달팽이였다. 잔디밭에, 길에, 담요에.

"이런, 세상에!"

데이비드가 벌떡 일어섰다.

모두가 일어섰다. 나는 딜란과 나 사이 잔디 위에서 꿈틀거리는 수백 마리의 퉁퉁하고 축축한 민달팽이를 보았다. 딜란이 너무 멀리 있는 것 같았다.

"엄마……."

지금의 상황이 얼마나 기이한지를 감지한 딜란이 나를 불렀다.

"괜찮아."

나는 거짓말했다.

"민달팽이는 사람을 해치지 않아."

하지만 그것이 사실인지는 나도 몰랐다. 곧이어 데이비드가 외쳤다.

"이렇게 더운데, 이게 무슨……!"

그리고 30초쯤 뒤 수전이 마치 종말처럼 무거운 목소리로 대꾸했다.

"그러니까."

나는 곧바로 이해하지 못했다. 민달팽이는 화창한 날에 땅

위로 나오지 않는다.

　잠시 머리가 멈춘 듯했다. 하지만 점점 움직임이 느려지다가 그대로 멈춰 바싹 말라가는, 몸 끝이 말려들어가 혓바닥처럼 널브러진 민달팽이들을 보며 알 수 있었다.

　민달팽이들은 스스로 죽음을 택한 것이었다.

　나는 수전을 올려다보았고 수전도 나를 보았다. 미인이었다. 조용하고 차분한, 나이 들어가는 중산층 영국 여인의 아름다움을 지닌 사람. 조그만 십자가가 달린 가느다란 은목걸이, 목뒤로 동그랗게 올린 부드러운 머리카락, 가느다랗고 긴 손과 작고 단정한 손톱. 그의 남편은 친절하고 대화를 좋아했다. 그리고 1943년에 새닛에서 태어나 데이비드의 아내이자 조녀선과 피터의 엄마이며 역사를 가르치는 교사이자 여성협회 간사이기도 했던 이 여인, 수전 엘리자베스 소프는 현명했다. 차분함 속에서 다른 사람들보다 훨씬 많은 것을 이해했다. 그날 오후, 평소에는 완벽하게 손질되어 있었으나 이제 말라비틀어진 민달팽이로 엉망이 된 자기 집 잔디밭에서 수전이 나를 보았을 때, 나는 그저 알 수 있었다.

　"집에 가자."

　발을 디딜 때마다 신발 밑에서 터지는 민달팽이를 애써 모른 척하며 서둘러 잔디밭 끝 덜란에게로 갔다. 덜란의 땅에 젖은 손을 꽉 잡았다.

"나중에 봐요."

정원 입구에밖에 이르지 못했는데 덜란이 내 손을 당기며
외쳤다.

"엄마!"

그때 나는 들었다, 처음에는 밤중의 속삭임처럼 조용했다
가 차츰 높아지는 말다툼 소리처럼 커지는 소리를. 그러고는
그림자가 보였고, 뒤이어 지평선의 카이나르본 너머로 수욱
솟아오르는 암흑이 보였다.

새었다.

온갖 새들이 날았다. 갈매기, 개똥지빠귀, 까치, 비둘기, 꾀
꼬리. 남쪽으로 날아오는 구름 같은 새 떼의 날갯짓 소리가 거
친 숨소리 같다가 덜컹거리는 기계 소리 같다가 머리 위의 엔
진 같았다. 하늘을 뒤덮어 햇빛이 가려지니 서늘해졌다. 노부
부는 서로 손을 잡고 자기 집 잔디밭에 서 있었다. 깜박이는 그
림자 속 그들의 모습이 마치 옛날 영화 속 한 장면 같았다.

나는 내 아들을 안아 올렸다. 이제는 덜란의 나이에도 몸집
에도 안 맞는 행동이었지만 번쩍 든 덜란을 꽉 안았다. 덜란은
새들을 빤히 바라보았다. 그 아름다운 생명체들이 이곳을 떠
나가는 모습을 눈에 담았다.

(작년에 비 내리던 우중충한 날, 구약성경을 읽던 덜란이 고개를 들고는 물었다.

"비둘기도 새야? 노아의 방주에 나오는 비둘기 말이야."

"응."

오래전의 그림자가 얼굴에 드리우며, 문득 덜란이 꼬마처럼 보였다.

"새들이 떠나던 게 기억나, 옛날에.")

새들의 구름이 흐르고 흐르다 남쪽 산맥 너머로 사라졌다. 또 한 번의 불길한 정적이 흐른 뒤, '그 일'이 일어났다.

으르렁거렸다. 진동했다. 하늘이 부서지는 천둥 같았다. 세상이 분노에 찬, 비명을 지르는, 죽어가는 악령에 씐 것 같았다. 아마 그 상태가 1분쯤 이어졌던 것 같다. 하지만 더 길었거나 짧았을 수도 있다. 그 지독한 소리가 천천히 사그라들고 조용해졌다. 소리는 모든 곳에서 들려와 공기와 땅과 우리의 뼈를 채웠지만, 실제로 어느 방향에서 왔는지 모두가 느꼈다. 우리 모두 같은 방향을 쳐다보았다.

앵글시 쪽을.

그리고 그때 그 구름이 나타났다. 멀리서 솟아오른 그것은 마치 달아날 수 없도록 갑작스레 밀려드는 날씨 같았다. 정원 너머 수전이 나에게 소리쳤다.

"집에 들어가요! 당장!"

나는 집으로 달렸고, 내가 지나치게 꽉 끌어안은 덜란이 품 안에서 불안해했다. 데이비드가 수전에게 묻는 것이 들렸다.

"뭔데? 뭐야?"

수전이 바람처럼 가볍고 주먹처럼 굳은 목소리로 대답했다.

"월바."

덜란

푸이흘의 이야기를 한참이나 쓰지 않았다.

그동안 이런 일이 있었다.

푸이흘은 나를 믿기 시작했지만, 그 믿음은 아주 천천히 천천히 생겨났다. 그리고 나도 푸이흘을 믿게 되었다. 마음 한구석으로는 아직 푸이흘이 두려웠고, 그 기이한 죽은 얼굴이 푸이흘의 뒤통수에서 언제나 나를 쳐다보았다. 하지만 그동안 읽은 책들에서 배운 게 있다면 겉모습으로 속을 판단할 수 없다는 것이다.

(엔다브 휴스의 『웨일스 설화』 2권에는 사냥꾼에게서 토끼를 구한 성인 멜랑에흘의 이야기가 나온다. 멜랑에흘은 그 재

빠른 회색 동물 속에 영혼이 갇혀 결국 토끼가 된다. 못난 얼굴이 하나 더 있는 푸이흘이 멜랑에흘일 리는 없을 것이다.)

나는 푸이흘에게서 잘못된 부분들을 보지 않기로 했다.

헛간에서 당근이나 양배추 조각을 손에 든 채 되도록 가만히 앉아 있어 보았다. 처음에는 다가오지 않았던 푸이흘이 두 번째에는 페인트 통 뒤의 늘 숨는 자리에서 살금살금 나오더니 쪼그리고 앉아서 나를 바라보았다. 그러다가 천천히, 조금씩 다가왔고, 어느새 폴짝 뛰어 내 손에서 음식을 물어 갔다.

엄마에게 이해받을 수는 없는 일이었다. 우리가 먹을 것도 빠듯한데, 짐승에게 줄 식량 따위가 남을 리 없으니까.

푸이흘을 처음 쓰다듬었던 때가 기억난다.

푸이흘은 부드럽고 포근했고, 두려워하면서도 내가 저를 해치지 않으리란 것을 알았다. 푸이흘의 두 번째 얼굴은 만지지 않았다. 흉터를 만지는 기분이 들 것 같았다. 몇 주가 지나자 푸이흘은 내 무릎으로 뛰어올라 와 밥을 먹었고, 거기 자리를 잡고 잠도 잤다. 일정하게 등을 쓰다듬는 내 손길을 즐기면서.

작고 부드러운, 사랑할 대상이 있다는 것은 참으로 좋은 일이었다.

내겐 늘 해야 할 일이 있었다. 나무를 베거나 잡초를 뽑거나 무언가를 고치거나 정리하거나. 그런데도 매일 한 시간씩 푸이홀과 함께했다. 때로 푸이홀이 내 가슴에 안겨 누워 있을 때면 푸이홀의 갈비뼈 속 여리게 떨리는 심장 박동이 느껴졌다.

어느 추운 10월 아침, 나는 모나를 데려가 푸이홀을 보여주었다. 파란 코트를 입은 모나의 곱슬곱슬한 머리카락이 털모자 밑에서 코트 깃 위까지 내려와 있었다.

모나가 푸이홀을 빤히 보다가 불안해하며 내 다리를 붙들었다. 모나에게 푸이홀은 작은 동물이 아니라 괴물이었다. 문득 우리 셋이 있기에는 헛간이 너무 좁게 느껴졌다.

"괜찮아. 얘 이름은 푸이홀이야. 귀여워. 이것 봐!"

주머니에서 당근 한 조각을 꺼냈다. 푸이홀이 발소리 없이 다가와 내 손에서 당근을 물어 가 먹기 시작했다. 모나의 입에서 진주 같은 웃음소리가 까르르 흘러나왔다.

"당근!"

"그래, 푸이홀은 당근을 좋아해! 쓰다듬어주는 것도 좋아해, 봐."

나는 푸이홀의 등을 어루만졌고, 모나도 몸을 굽히더니 손을 뻗어 푸이홀의 긴 귀를 쓰다듬었다.

"착하지."

모나가 자기를 재울 때의 엄마 목소리를 흉내 내며 말했다.

"착하지."

　우리는 그 뒤로 매일 푸이흘을 보러 갔다. 엄마 모르게. 모나는 어려서 비밀을 지킬 줄 몰랐지만, 어려서 비밀을 말할 줄 모르기도 했다. 그만큼의 말을 알지 못했다. 소프 부부의 헛간으로 가는 것은 우리 둘만의 일이었다. 내가 서닝데일 정원을 텃밭으로 쓰고 있었기 때문에 (장군풀, 비트, 순무, 쪽파를 심었다.) 엄마는 아무 의심도 하지 않았다.

　모나는 이 이상하게 생긴 동물을 사랑하게 되었다. 싫증 한 번 내지 않고 푸이흘과 놀고, 푸이흘에게 밥을 먹이고, 푸이흘을 쓰다듬고, 자기만의 서툰 언어로 푸이흘과 대화했다. (다 먹어. 푸이흘 착해. 앉아, 아가, 앉아.) 가끔은 푸이흘을 보며 소리 내 웃었다. 한두 번 모나가 헛간의 딱딱한 나무 바닥에 누워 잠이 들었을 때, 푸이흘은 마치 인형처럼 모나의 품에 안겼다.

　그러던 어느 날, 내가 쪽파를 따며 모나에게는 옆에서 인형을 가지고 놀라고 단단히 일러두었던 날, 헛간 옆에서 비명이 들렸다. 그곳에는 모나가 있었고, 인형은 얼굴을 바닥에 처박은 채 떨어져 있었으며, 헛간 문이 조금 열려 있었다.

　푸이흘이 자유를 찾아 헛간을 빠져나간 뒤였다. 스스로를 주인이라 생각하던 사람들을 아랑곳하지 않고, 기회가 생기

자마자 달아난 것이었다.

"푸이흘!"

눈물과 콧물을 줄줄 흘리며 거칠고 떨리는 목소리로 모나가 외쳤다.

"집에 와!"

이것이 푸이흘의 이야기다. 모나는 아직도 가끔 푸이흘에 관해 묻고, 나는 우리를 떠난 푸이흘의 삶을 잔뜩 이야기해 준다. 요정 친구들도 있고, 린 쿰 딜린의 담비와 인어 가족을 만나 살아가는 삶을. 린 쿰 딜린은 계곡에 있는 커다랗고 짙은 호수인데, 가까이에서 보면 맑지만 멀리서 보면 어두컴컴하다. 아름다우나 산으로 둘러싸여 있어 늘 익사할지도 모른다는 기분이 든다.

모나는 엄지손가락을 입에 넣고 눈을 휘둥그렇게 뜬 채 내 이야기를 듣는다. 모나는 그 모든 이야기를 믿고, 나는 때로 모나가 푸이흘을 실수로 내보내 버린 것이 다행이라는 생각이 든다. 야생의 동물에게 네 벽 안에 갇힌 삶은 충분하지 않을 테니까. 괴물에 가까운 존재일지라도.

로웨나

공기를 못 들어오게 할 수는 없다. 스미는 것을 어찌할 수가 없다.

나는 당연히 모든 창문을 닫고 커튼도 내렸다. 덜란과 나란히 침대에 누워 머리끝까지 이불을 끌어 올렸다. 잠의 냄새가 우리를 질식시킬 것 같았다.

나는 우리가, 덜란과 내가 그 침대 위에서 죽게 되리라고 생각했다. 그 구름은 호흡에 스미는 것만으로도 우리를 죽일 것 같았다.

나는 아들을 꽉 안았고, 그렇게 우리는 체온을 나누었다. 덜란의 머리카락에서는 이끼 냄새가 났고 나에게서는 어젯밤의 모닥불 냄새가 났다. 흙과 불의 냄새. 이제 끝이라는 생각이 들자 나도 모르게 노래가 나왔다. 내가 아는 유일한 찬송가, 모국어로 된 그 노래가 희미한 기억처럼 혀끝에서 깜박거렸다. 〈칼론 란Calon Lân〉, 정결한 마음에 관한 노래였다. 럭비 경기 관중석과 장례식장에서, 여름 저녁 즐겁게 성가대 연습 중인 교회에서 흘러나오는 노래.

내가 왜 그 찬송가를 불렀는지는 알 수가 없다. 더 듣기 좋은 팝송을 많이 아는데도 우리가 죽는다고 생각하니 내 입에서 흘러나오는 것은 찬송이었다.

겁에 질린 덜란의 근육이 뻣뻣하게 굳었다. 하지만 얼마 지나자 자애로운 피로가 몰려와 덜란의 몸에서도 긴장이 풀렸다. 덜란은 작은 손을 뻗어 내 뺨에 얹더니 자신의 정결한 마음만큼이나 부드러운 목소리로 작게 말했다.

"엄마."

우리 둘 다 잠에 빠졌다. 그것이 끝이라면 그리 나쁜 끝은 아닐 터였다.

잠에서 깨어 보니 구름은 거의 사라졌고, 플라스틱 냄새가 집 안에 가득했다. 마치 내가 실수로 가스레인지 위에 비닐봉지를 올려두었을 때나 덜란이 벽난로 위에 장난감을 올려두었을 때처럼. 덜란은 아직 자고 있었고, 나는 조심스럽게 일어나 창밖을 살펴보았다. 날이 저물어가고 있었다. 바다 위 물안 개처럼 산 위로 그 구름의 조각들이 떠 있었다.

현관문에서 작은 노크 소리가 들렸다. 나는 덜란을 깨우지 않으려 발소리를 죽인 채 빠르게 내려갔다. 문 앞에 데이비드 와 수전이, 아직 더운데도 외투를 입고 서 있었다. 수전은 화장 한 얼굴이었다. 장밋빛 입술, 은은한 아이섀도를 바른 눈, 처 음 보는 모습이었다.

"우린 떠납니다."

데이비드가 말했다. 곧 듣겠지 짐작했던 말의 무거움에 나 는 마른침을 삼켰다. 몇 주 전까지만 해도 이 부부의 존재는 정 원 울타리 너머의 쾌활한 목소리, 차를 몰고 지나가다 나누는 어색한 미소일 뿐이었다. 하지만 종말 이후 두 사람은 나의 유 일한 친구가 되었다. 함께 이야기를 나누고, 평범하던 지난날 을 흔적처럼이나마 되새길 수 있는 사람들.

나는 슬픔을 드러내지 않으려 애쓰며 물었다.

"아드님들을 만나러 가세요? 돌아오실 때는……."

내가 끝맺지 못한 문장이 우리 사이에 떠 있었다.

"아들 만나러 가는 거 아니에요."

수전의 목소리와 눈빛 속에는 영원히 빠져나올 수 없도록 꽉 가둬둔 무언가가 있었다. 수전은 이 순간을 쉬이 흘려보내려 애쓰고 있었다.

"우린 다시 못 볼 거예요, 로웨나. 열쇠를 현관 매트 밑에 넣어 놨으니 필요한 게 있으면 우리 집에서 다 꺼내 가요. 원한다면 들어가 살아도 되고요."

수전은 내 어깨 너머 허공으로 시선을 던지며 말했다.

"어디 가시는데요?"

데이비드가 슬픈 미소를 짓고는 대답했다.

"윌바로 갑니다."

나는 두 사람을 빠르게 번갈아 보았다.

"윌바라니요! 거기로 가시면…… 죽어요!"

수전이 마침내 나와 완전히 눈을 맞추고 말했다.

"그렇죠."

이후의 대화는 기억나지 않는다. 우리를 뒤덮은 끔찍한 일상성만이 기억난다.

나는 굳이 덜란을 깨워 작별 인사를 시키지 않았다. 데이비드는 나중에 덜란이 헛간의 모든 장비를 써도 좋다고 했다. 밖으로 나가 배웅할 필요도 없었다. 이미 차의 시동이 걸려 있었고, 모두가 간단하고 조용하게 움직이고 싶어 했다. 두 사람 다나를 포옹하지도, 다가와 뺨에 입을 맞추지도 않았다. 나 역시악수를 청하지 않았고, 머물러 달라고 애걸하지도 않았다.

"잘 있어요, 로웨나."

수전이 미소를 지으며 돌아서서 차로 갔다. 이 조용하고 우아한 여인은 마지막 여정을 위해 교회 예배 때 입는 옷을 입고 있었다.

데이비드가 말했다.

"로웨나, 부탁이 있어요. 우리가 떠난 뒤에 우리 집 헛간으로 가봐요. 오른쪽 맨 위 선반에 있는 길고 까만 통에 엽총이 있어요. 옆에 큰 탄약통 세 개가 있고요. 그걸 가져다 침대 밑에 둬요."

"네? 총을 우리 집에 왜 둬요!"

"그렇게 해줘요. 그거 하나면 됩니다. 필요할 만약의 경우를 위해서예요. 부탁합니다, 로웨나. 나는 오늘 죽을 텐데, 당신한테 그 보호 장치가 있다는 것을 알고 떠나면 마음이 놓일 것 같아요."

나는 조용히 고개를 끄덕였고, 데이비드는 그 답례로 활짝 미소를 지어주었다. 눈도 함께 웃는 진짜 웃음을 말이다.

"전사의 심장을 가진 사람이에요, 로웨나는."

"저는 전투하기 싫은데요. 살고 싶어요."

차에 올라타기 전, 수전이 한 번 더 돌아보고 나에게 손을 흔들었다.

"디올흐Diolch(고마워)."

그 고마움의 인사에 어떤 언어 전체가 실려 있었다. 그렇게 그들은 떠났다, 텅 빈 세상을 남겨두고.

로웨나

어제는 순무를 뽑으러 서닝데일의 정원으로 갔다. 덜란이 채소를 심어둔 그곳은 흙이 좋다. 집 뒤뜰에서 잡은 들쥐가 있는데, 순무와 로즈메리를 넣어 맛있는 스튜를 끓일 수 있을 것 같았다.

아름다운 날이었다. 꽁꽁 얼도록 춥지만 상쾌하고 맑은 날. 숨을 내뱉으면 얼굴 주변으로 김이 피어올라 살아 있음이 실감 났다. 덜란과 모나는 집 뒤편에 나무를 심고 있었다. 덜란은 우리가 15년이나 20년 뒤에 쓸 땔감을 마련하기 위해 나무를 심는 것이 중요하다고 했다. 20년이라니! 어떻게 그 어린 나이에 그리도 멀리 내다볼 수 있을까.

서닝데일의 정원 입구로 막 들어섰을 때 눈에 띄는 것이 있었다. 숨으려거나 달아나려고도 하지 않는 그것을 보며 나는 온몸이 오싹했다.

토끼 한 마리, 아니, 어쩌면 두 마리였다. 머리 뒤쪽에 눈알 없는 눈과 작고 끔찍한 입이 달린, 추하고도 납작한 또 하나의 얼굴이 있었기 때문이다. 역겹고 혐오스러운 짐승이었다. 야생동물이라면 마땅히 달아나야 하는데 그러지 않는 것을 보면 제정신이 아닌 것도 분명했다.

내 손에는 밭일용 쇠스랑밖에 없었지만 그것으로 충분했다. 어렵지 않았다. 토끼는 내가 가까이 다가가는데도 달아나지 않았고, 쇠스랑이 토끼의 몸을 쉽게 갈랐다. 토끼는 몇 번 꿈틀거리다가 움직임이 없어졌다.

우리는 버릴 것을 서닝데일 정원 끝에 쌓아 두지만, 나는 그 토끼를 서닝데일 정원에 묻어주었고, 죽은 잎들로 덮어 무덤을 감추었다. 그저 작은 동물이어도 내 아이들이 그 끔찍한 생명체를 보지 않았으면 했다. 지금도 같은 마음이다. 커다란 일들로부터는 보호할 수 없어도, 작은 일들은 내가 막아줄 수 있다.

그 구름이 우리를 지나간 뒤로 흉측한 생김새의 야생동물이 많아졌다.

구토가 정확히 언제부터 시작되었는지는 기억나지 않지만 덜란과 나는 끝없이 구토하고 쓰러지기를 반복하느라 침대에서 벗어나지 못했다. 나는 우리가 그대로 죽는다고 생각했다.

그 폭발이 정확히 무엇이었는지 나는 모른다. 윌바 발전소에서 일어난 사고였을 수도 있고, 아닐 수도 있다. 방고르에, 아니면 앵글시로 가는 다리에 떨어진 폭탄이었을 수도 있다. 방사선의 영향에 관해서도 아는 것이 없기 때문에 그 독성 물질이 우리 몸에 얼마나 파고들었는지, 그리고 지금도 얼마나 남아 있을지 알지 못한다.

나는 현명했다. 데이비드가 해준 말 덕분인지 강인해져서, 전사의 심장을 지닌 여인처럼 행동하기로 했다. 처음 속이 메슥거리기 시작했을 때, 나는 집 뒤편 개울과 집을 성큼성큼 오가며 개울물로 채운 각종 병과 냄비를 방 곳곳에 두었다. 우리가 심한 구토를 할지도 모르니 탈수에 이르는 것을 막겠다는 생각이었다.

며칠이 지났을 때 내 방은 죽음의 냄새가 풍기기 시작했다.

덜란과 나는 알몸으로 땀을 흘리며 격렬한 구토를 반복했다. 아팠다, 근육도 골수도. 안 아픈 데가 없었다. 그러다가 무감각해졌다. 아무것도 느낄 수 없어진 채, 덜란도 나도 생의 경계를 맴돌았다. 존재하지 않는 듯 존재하며 잠을 잤고, 이따금 현실의 기억 조각들이 의식에 끼어들 뿐이었다.

커튼 사이로 빛이 한줄기 들어왔다.

침대는 땀인지 소변인지 토사물인지로 젖어 있었다. 꼼짝
도 하지 않는 덜란의 몸이 푸르도록 창백했다. 덜란이 죽어 있
었고, 내가 할 수 있는 일이라고는 덜란의 알몸을 붙들고 소리
지르고, 울고, 잠들고, 나도 죽기를 바라는 일뿐이었다.

잠에서 깨었을 때 덜란이 다시 따뜻했고, 숨을 쉬고 있었다.
며칠, 아니 어쩌면 몇 주 만에 나의 아들과 나는 서로를 쳐다
보았다.

"꿈에서 네가 죽었어. 너무 끔찍했어."

"물."

덜란이 가냘픈 목소리로 말했다. 나는 방 안 곳곳에 갖다 둔
병에 손을 뻗었다. 지독한 메스꺼움을 느끼는 우리의 입으로
나는 애써 물을 흘려 넣었다.

"너무 끔찍한 악몽이었어."

나는 이렇게 말하면서도 그것이 악몽이 아니었고, 내 어린
아들이 엄마의 더럽고 냄새나는 방에서 정말로 죽었다가 깨
어났다고, 아들의 정결한 심장이 핏속의 모든 독을 정화했다
고 온 마음으로 믿었다.

물론 그것은 끝이 아니었다. 우리가 음식을 제대로 삼킬 수

있기까지는 몇 달이 걸렸다. 그리고 입에 얼마나 많은 궤양이 생겼는지! 아물지 않는 거대한 상처들로 입속에서 썩은 고기 맛이 났고, 너무 심해 치아가 빠져버리기도 했다.

그 구름이 우리를 덮고 지나간 뒤 시간이 얼마나 흘렀는지 모를 어느 아침, 덜란이 그 커다란 침대에서 일어나 앉아 손가락으로 개 모양을 만들어 그림자놀이를 하고 있었다. 그 순간 그곳에서, 나는 우리가 살아남겠구나 생각했다.

비쩍 마르고 약해져 떨리는 몸으로 나는 모든 창문과 문을 열었다. 침대에서 이불을 걷어냈다. 나중에 충분한 힘이 생기면 매트리스를 1층으로 끌고 내려가 밖에서 불태워 버리겠다고 결심했다. 나는 강낭콩 캔 하나를 땄고, 덜란과 함께 현관 앞 계단에 앉아 깡통 속 강낭콩을 한 알씩 나눠 먹었다.

"새들이 돌아올까?"

덜란이 물었다.

"당연히 돌아오지. 결국 모든 게 돌아올 거야."

나는 단호하게 대답했다.

데이비드가 이야기해 준 총이 떠올라, 어서 가서 챙겨와야겠다고 생각했다.

딜란

모나의 기침이 꽤 오랫동안 떨어지지 않았다. 엄마가 린 쿰 딜런에 몸을 씻으러 갈 때 나는 모나와 함께 집에 있겠다고 했다. 몸을 씻기에는 너무 추운 날씨였지만 엄마는 자기 몸에서 냄새가 난다며 고집스레 그 호수로 갔다.

나는 불을 피웠고 모나는 안락의자에 잠들어 있다. 이 시간을 이용해 나의 온실 이야기를 써보려 한다. 아주 오래전 일인데도 여전히 웃음이 난다.

모나가 태어나기 전의 일인데, 엄마가 갑자기 마음을 바꾸었다. 네보에 있는 빈집들에 들어가 원하는 것을 무엇이든 가져와도 된다는 쪽으로 말이다.

113

나는 남의 집에서 가져오고 싶은 것이 있는지조차 알 수 없었다. 그때 우리에겐 비닐하우스가 두 채 있어 엄마와 내가 먹고살기 충분한 만큼의 작물을 키우고 있었다. 덫으로 짐승을 잡아 고기도 충분히 먹었다. 엄마는 원래 도둑질이 나쁘다고 굳게 믿는 사람이었지만 생각을 바꾼 후부터 남의 집에 마음대로 들어가서 원하는 것을 가져왔다. 아무도 보는 사람이 없었다. 마치 모두가 휴가를 떠나고는 돌아오기를 잊은 것 같았다.

나는 내게 꼭 맞는 옷 몇 벌과 자전거 한 대, 내 침대에 올릴 새 매트리스 하나, 책 몇 권을 가져왔다. 장갑과 목도리와 양말도. 장화도. 그런데 더 큰 계획이 생겼다.

온실에 눈독을 들였다. 커다란 창문이 달린 못나고 흰 플라스틱 온실이 눈에 들어왔다. 생긴 것은 전혀 마음에 들지 않았다. 오래된 집이라는 친근한 얼굴 위에 난 커다랗고 흉한 뾰루지 같았다. 하지만 갖고 싶었다. 내가 가장 갖고 싶은 것은 온실이었다.

그래서 하나를 가져왔다.

처음엔 가져올 수 있을지 알 수가 없었고, 아무리 주인이 떠난 지 오래라지만 남의 집 공간 하나를 통째로 훔치는 일에 조금 죄책감이 들기도 했다. 엄마와 나 둘이서 그 일을 해내는 데

몇 달이나 걸렸다.

우선은 적당한 온실을 골라야 했다. 네보에는 온실이 여섯 개 있었는데 그중 네 개는 아랫부분이 벽돌로 되어 있어 엄마와 내가 운반하기에 좋지 않았다. 나무 뼈대에 창문이 난 온실도 하나 있고, 비닐로 된 온실도 하나 있었다. 엄마는 나무로 된 것이 해체하고 또 재조립하기에 더 쉽겠다고 했다. 크기도 우리 테라스 옆 공간에 더 잘 맞는다면서.

엄마 말이 옳았다. 나는 그때 꼬마였기 때문에 온실을 옮기고 다시 조립하는 일까지 엄마가 하나하나 함께 해야 했다. 그때 우리는 지붕 공사 방법도 슬레이트도 몰라 지붕 대신 방수포를 덮어 어설프게 완성했다. 몇 년 뒤, 나는 기술을 배워 제대로 된 슬레이트 지붕을 얹었다.

이 온실은 오랫동안 완벽하지 않았다. 특히나 우리 집에 제대로 연결되지 못했다. 첫 1년 정도 물이 샜다. 하지만 몇 년에 걸쳐 고치고 발전시켜 이제는 완벽하다.

그곳을 그저 앉아서 쉬는 장소로 쓰지 않는다. 그러려고 가져온 것이 아니다. 그 안에서 우리는 높은 온도가 필요한 작물을 가득히 키운다. 토마토, 애호박, 피망 등등. 겨울에는 석탄통에 작은 불을 피워 갖다 두는데, 연기가 가득 차지 않게 입구 옆에 둬야 하기는 해도 나쁘지 않다. 이곳은 늘 따뜻하다.

내가 가장 자랑스러워하는 곳이다. 엄마는 온실을 갖고 싶은 내 간절한 마음을 알고, 이루게 해주었다. 그리고 위험한 부분을 포함해 필요한 작업 대부분을 내가 직접 하게 해주었다. 내가 스스로 하는 법을 배워야 한다는 걸 엄마는 알았다.

그 온실은 그저 첫걸음일 뿐이었다. 이후 1년 정도 지나 두 번째 온실을 얻었다. 플라스틱 온실이었다. 그것을 우리 집에다 다시 짓는 일은 생각보다 쉬웠다. 이번에는 더 자신 있었다. 그곳은 씨앗을 보관하고 봄에 작은 모종을 키우기에 그만이었다. 모나는 토끼털로 만든 커다란 담요를 가져다 온실 안 벤치 아래에 아늑한 동굴을 만들었다. 그러고는 마치 살아있는 동물을 대하듯 그 담요를 쓰다듬었다.

두 번째 온실을 짓고 나자 겨우내 먹을 감자, 양파, 당근, 순무, 사과를 저장해 두기 위한 서늘하고 어두운 공간을 마련하고 싶었다. 그래서 집 뒤편에다 커다란 창고를 지었다. 절반은 지하였고, 위에다 커다란 나무 지붕을 덮었다. 선반도 넣었다. 내가 만든 선반도 있고 네보에서 훔쳐 온 선반도 있다. 벽에는 아무런 처리도 하지 않았는데, 흙이 그대로 노출되어 있어야 모든 것을 서늘하게 보관하기 좋기 때문이다.

식품 창고를 지은 뒤에는 땔감을 보관할 건조한 창고를 돌로 지었다. 이제 그 창고에는 몇 년 동안이나 쓸 수 있는 땔감이 보관되어 있다.

땔감 창고 다음으로는 야외 화장실을 짓기로 했다. 그동안에는 들에 나가 구덩이 안에 볼일을 봤다. 하지만 이제 엄마가 모나를 낳을 날이 다가오고 있었다. 나는 엄마가 네 벽에 둘러싸인 곳에 앉아 볼일을 볼 수 있게 해주고 싶었다. 우리는 깊은 구덩이를 파고 그 위에 의자를 놓았다. (네보의 상류층 집에서 가져온 오래된 의자였다. 등받이에 그림이 조각되어 있고 장소와 날짜도 적혀 있다. 나는 그 의자에 구멍을 뚫었다.) 그러고서 그 의자를 가리는 나무 벽을 둘러쳤는데, 구덩이가 꽉 차면 다른 구덩이로 의자와 함께 옮길 수 있게 만들었다.

야외 화장실을 끝낸 다음, 나는 직접 비닐하우스를 지어보기로 했다. 이미 설치된 두 비닐하우스는 엄마가 종말 직전에 산 조립 세트로 만든 것이었으니 세트 없이 손수 만들기란 어려울 터였다. 하지만 투명 방수포도 있고 뼈대가 될 나무도 있었다. 내가 이전까지 지은 것들에 비하면 간단한 줄 알았는데 막상 지어보니 가장 어려웠다. 커다랗고 어설프고, 바람에 결국 무너졌다.

나는 방수포의 품질을 탓하며 포기할 뻔했다. 하지만 그만두지 않고, 그다음 해가 끝나갈 때쯤부터 엄마와 나는 식량을 걱정할 필요가 없게 되었다. 동나서 먹지 못하는 것이 단 하나도 없었다.

　때로, 아니, 사실은 자주, 정원 끝에 서서 내가 만든 모든 건축물과 채소와 식량을 바라보며 나 자신이 더는 아이가 아닌 어른이라는 기분을 느낀다. 단 하나도 아쉬운 것이 없다. 이것이 끝나지 않기를 바란다. 나는 여기에, 이곳에 꼭 맞는다.

로웨나

종말이 끔찍할 것 같은가? 다 끝나는 것. 모든 것을 잃고, 사회가 무너지고, 내가 아는 모든 것이 산산이 부서지고.

나에게는 더할 나위 없이 만족스러웠다.

처음에는 무너지는 기분이었다. 도움도 보살핌도 지원도 받을 수 없고, 건강과 식량, 주거 같은 가장 기본적인 것들이 불안정한 삶이란 말이다.

그 외의 다른 것을 걱정할 여력이 없다. 생존을 위한 노동으로 지쳐 밤에는 곯아떨어지기 일쑤다. 깨어 있을 수도, 바꿀 수 없는 일을 걱정할 수도 없다. 이제 모든 것이 너무나 단순하며, 너무나 사랑하기 쉽다.

정원 끝에 선 오래된 유령 같은 아침 안개.

책을 읽다가 어떤 대목이 재미있다는 듯 내뱉는 덜란의 웃음소리.

아직 피지 않은 꽃들, 그리고 가장 사나운 날씨 속에서도 결국엔 그 꽃들이 피어날 거라는 내 믿음.

종말 전 세상이 어떠했는지를 떠올릴 때 그 기억 속의 나는 도무지 나 같지가 않다. 그때 나는 말 없고 세상이 두렵던 어린 여자였다.

꼬마 덜란을 데리고 산책하러 갈 때면 주머니에 아이폰을 챙겨 나갔다. 사실상 아무것도 공유하지 않으면서 공유할 인터넷용 완벽한 이미지를 만들어내기 위해. 그리고 덜란은 유아기 때부터 화면 속 세계에 사로잡혀 있었다. 〈출동! 소방관 샘〉이나 〈꼬마 기관차 토마스와 친구들〉 에피소드와 달리 시작과 중간과 끝이 없는 실제 세계가 덜란에게는 실망스러웠다. 우리는 고요함 없이 살았다. 텔레비전이나 라디오가 언제나 동반자였다. 그러면서도 어떤 끔찍하고도 요란한 정적이 있었다. 우리가 살아가던 방식에는 말이다.

듣기를 멈추면 들리기 시작한다.

창문에 정신없는 무늬를 만드는 빗물의 소리. 세이렌처럼 노래하거나 연인처럼 속삭이는 바람의 소리. 아침에 눈을 떴을 때 내다보지 않아도 밤새 눈이 왔음을 알게 하는, 땅에 두 툼히 쌓이는 눈의 소리.

눈에 보이는 아름다움은 또 어떻고. 모든 것이 예전보다 훨씬 더 예쁘다. 그러면서도 사실은 똑같다. 변한 게 없는데, 이제야 보이는 것이다.

우리 같은 사람들은 대체로 이런 집에 살지 않았다.

나 같은 여자들은 우중충하고 볼품없는, 방 두 개짜리 연립 주택 같은 데서 살았다. 벽이 축축하고 이웃의 소음이 지독한 집. 아니면 덜란이 태어나기 전에 내가 살았던 것 같은, 공영 운동장 근처의 공영 주택. 천장에는 갈색 얼룩이 있고, 엘리베이터에서는 지독한 소변 냄새가 났다. 1층에는 사랑을 나누거나 다투는 소리로 시끄러운 중년의 커플이 살았고, 우리 집 거실 창문으로는 점판암 채석장 계곡 안에 자리한 마을 탈사른의 전경이 보였다. 나는 완전히 혼자였다. 창밖은 계속해서 변하는 푸른빛 흰빛 보랏빛의 캔버스 같은 절경이었지만 내겐 그 아름다움이 보이지 않았다.

종말이 왔을 때 내가 이 집이 아니라 그 공영 주택에 살고 있었다면…….

어느 날 오후 실버 시저스 미용실에 한 남자가 들어와 게이노르를 엄마 대하듯 반갑게 대했다. 나는 그전에도 이후에도 게이노르를 그렇게 대하는 사람을 본 적이 없다. 두 사람이 눈을 감으며 서로를 꽉 안는 모습에서 느껴진 무언가에, 나는 그 남자를 좋은 사람이라고 생각했다.

게이노르의 오랜 단골 중 한 명인 낸시 파리의 외동아들로, 어머니가 벨린헬리에 있는 요양원에 들어가는 바람에 미용실 예약을 지키지 못하게 되어, 그 사실을 대신 알리러 왔다고 했다. 그 남자는 손님 머리카락을 빗는 게이노르의 옆에 앉았고, 그의 부드러운 목소리는 가게에 가득 퍼질 만큼 힘이 있으면서도 한편으로는 잔잔했다.

"어머니도 저도 집을 팔고 싶지는 않은데, 저는 빈집으로 두는 것도 내키지 않아요. 세를 놓고 싶지도 않고. 보험이니 세금이니 하는 것들 모두 번거로워서요."

앉은 의자가 너무 작아 보일 정도로 키가 큰 사람이었다. 50세 전후인 듯했지만 미소만큼은 소년 같았고, 조금 구부정한 걸음걸이를 보면 자기 자신을 숨기고 싶어 하는 사람 같았다.

"아는 사람한테 현금으로 월세를 받는 건 어때? 귀찮은 법을 안 지켜도 되잖아."

게이노르가 그 남자에게 이렇게 말하는 순간 나는 고개를 들었다. 거울 속에서 게이노르와 눈이 마주쳤다.

게이노르는 삶의 여러 방면에서 나를 구원해 주었다.

"음⋯⋯."

내 목소리에 그 남자가 나를 돌아보고 미소를 지었다. 마치 오래된 묘비처럼 조금 구부러진 앞니를 드러낸 그 미소가 매력적으로 보였다.

작은 집이었지만 주변에 아무것도 없고, 정원이 딸려 있었다. 가끔 외롭기는 했지만 평화로운 외로움이었다. 월세는 이전까지 살던 공영 주택 월세와 같았다. 전기 설비가 낡아 위험했고 창틀이 썩어 찬바람이 들어왔으며 1960년대에 지은 부엌이 그대로였기 때문이다. 네보의 텔레비전 안테나 탑이 가까이에 있었는데, 앵글시, 카이나르본, 흘린 같은 먼 곳에서도 보일 만큼 거대했다. 그 흉물스러운 철탑에 밤이면 빨간 불빛이 환한 양귀비처럼 줄지어 켜졌다. 밤에 차를 몰고 집으로 돌아올 때면 멀리서도 보였고, 이따금 나는 그 남자도 앵글시에서 천국의 방향으로 올라가는 저 빨갛고 예쁜 불빛을 보고 있을까 하는 생각이 들었다.

그는 매달 월세를 받으러 왔고, 몰고 오는 승용차 내부는 어린이용 카 시트와 곰 인형, 빈 탄산음료 병 따위로 어수선했다. 나는 그의 가족에 관해 묻지 않았고, 그도 내 삶에 관해 묻지 않았다.

나는 정말로 그를 사랑한다고 생각했다.

처음에 그는 어머니 집에서 유령처럼 사는 조용하고 젊은 여자라는, 자기가 품은 관념 속 나에게 흠뻑 취했다.

"아내하고 헤어질 거야. 여기로 와서 당신하고 살 거야, 로웨나."

그가 떠나고 난 뒤에도 오랫동안 그의 스킨과 담배와 땀의 냄새가 나곤 했다.

그는 부풀어 오르는 내 배를 바라보며 침대에 앉아 아이의 이름 이야기를 하기도 했고, 가끔은 비뚤어진 치아 사이로 삐져나오는 한숨처럼 약속 아닌 약속을 내뱉었다. "내가 함께하고 싶은 사람은 당신이야"라거나, "세상 모든 걸 주고서라도 나는······" 같은 말을.

덜란이 태어났을 무렵 나에게는 그를 향한 믿음이 조금도 남아 있지 않았다. 그를 미워할 수도 없었다. 미움이란 강렬한 감정인데, 나는 그에게 더는 강렬한 감정을 느끼지 않았으니까. 나는 그가, 그의 우중충한 삶이, 모자란 용기가, 그가 살아가는 따분한 하루하루가 딱했다.

그는 언젠가부터 월세를 받으러 직접 오지 않았다.

종말이 오기 2주 전쯤 마지막으로 만났을 때 그가 말했다.

"더는 아무도 상처 주고 싶지 않아."

하지만 집 안에서 만화를 보고 있다는 걸 알면서도, 그는 들어가서 덜란을 만나봐도 되느냐고 묻지 않았다.

지금은 아마도 죽었을 거라고 생각한다.

이름은 샘이었다.

로웨나

"모나는 나중에 종말 이전의 삶을 기억 못 할 거야."

소파에서 고양이처럼 몸을 웅크리고 자는 여동생을 보면서 덜란이 말했다.

"태어나지 않았을 때니까. 이전 시대에는 살아본 적이 없으니까, 모나는 완전히 다른 인생을 사는 거야."

나는 덜란의 말을 듣고 깜짝 놀랐다. 모나가 죽어가고 있다는 사실을 덜란도 안다고 생각했기 때문이다.

내 어린 딸은 고작 두 살이다. 두 살을 조금 넘었다. 그 계절의 유난히 지독한 폭풍우 한가운데에서 태어났다. 나무가 뿌리째 뽑히고 데이비드의 헛간 창문이 부서져 설탕처럼 바닥에 흩어지던 때에 말이다. 덜란은 셰익스피어의 표현에 따르면 웨일스의 영웅인 오와인 글런두르가 태어날 때 땅이 겁쟁이처럼 덜덜 떨렸다며, 아마 우리의 아기도 영웅이 될 것이라고 했다. 나의 아들이 자기 여동생을 출산하려는 나에게 셰익스피어를 인용한 격려의 말을 하다니, 참 희한한 순간이라 생각했던 것이 기억난다.

모나를 세상에 맞이하는 일은 덜란을 낳을 때와 매우 달랐다. 아일랜드해 위에서 몸집을 불려가는 폭풍이 우리를 덮치기 전 덜란과 함께 비닐하우스를 단속하고 있을 때, 내 몸에서 맑은 액체가 흘러나와 흙으로 스며들었다. 뜨뜻함이 가만히 서 있는 다리를 타고 내려갔다.

"곧 아기가 나올 거야."

나는 차분하게 말했고, 덜란이 나를 쳐다보고는 고개를 끄덕였다. 할 일을 마쳤을 때쯤에는 일정한 간격으로 진통이 오고 있었지만, 덜란은 계속해서 덫을 살피고 개울에 물을 길으러 갔다.

나는 좋아하는 책을 들고 소파에 앉았다. 이미 백번은 읽은 그 웨일스어 소설을 펼쳐 들고서 이해가 잘 안 되는 부분들을 책장 여백에다 번역해 써보았다. 『크레이기아이 밀귄Creigiau Milgwyn』이라는 책으로, 읽을 때마다 따뜻하고 안전한 기분이

드는 옛날 사랑 이야기였다. 그 책을 읽는 동안 여러 번의 진통을 거쳤다.

5장까지 읽었을 때쯤에는 고통으로 머리가 몽롱했다.

"테라스에서 방수포를 가져와 바닥에 깔아."

바깥일을 끝내고 집 안으로 들어온 덜란에게 내가 말했다. 수건이 피에 젖어 못 쓰게 되는 것을 바라지 않았기 때문이다.

그렇게 우리는 그곳에서 아이를 낳았다. 나와 나의 아들은 폭풍우와 태어날 아이를 기다렸다. 덜란은 내 손을 잡지 않았지만, 나를 미소 짓게 해주었다.

"병원에서 낳을 때보다 낫지, 엄마? 병원에서는 마취해서 정신이 하나도 없이 나를 낳았잖아. 이번에는 적어도 기억할 수 있을 거야! 아기 이름은 뭐로 할까?"

"이전 시대에는 날씨에도 이름을 붙였어."

나는 진통이 멈춘 사이에 말했다.

"응? 날씨에 사람 이름을 붙였다고?"

"응······. 허리케인 카트리나라든지, 아이리스라든지."

"나쁜 날씨에 그렇게 예쁜 이름을 붙이는 게 어디 있어! 우리, 아들이면 다니엘이라고 할까?"

"성경 속 사자 굴의 다니엘처럼?"

"다니엘 오웬에서 따 와서."

다니엘 오웬은 아주 오래전에 죽은 웨일스 소설가다. 덜란의 침대 옆 바닥에는 그의 소설이 탑처럼 쌓여 있다.

내가 도서관을 털어 온 것이 이만큼 뿌듯했던 적이 없었다.

결국에는 쉬웠다, 아기를 낳는 일은. 내 몸은 무엇을 해야 할지를, 언제 밀어내고 언제 멈춰야 하는지를 정확히 알았다. 조그만 여자아이가 내 몸에서 빠져나와 제 오빠의 품에 안겼고, 까만 눈을 뜨고 첫 숨을 들이쉬었다. 덜란은 아기의 이마에 입을 맞추었고, 입술이 내 피로 립스틱을 바른 것처럼 붉어졌다.

"모나!"

여전히 집 안으로 들이닥칠 기세로 몰아치는 폭풍우 속에서 내가 말했다. 우리 집 보조 지붕에서 보이는 앵글시의 옛 이름이 모나였다. 내 품에 안긴 모나의 무게를 느낀 순간, 마치 새로운 전기처럼 사랑이 샘솟아 뼛속을, 부푼 젖을, 가랑이 사이의 고통을 뚫고 흘렀다. 전능한 신, 어머니 자연의 기적이란 그처럼 아무 한계 없이, 아무 복잡함 없이 사랑을 내린다.

종말 이전의 세계였다면 이상한 광경이었을 것이다. 어린 아들이 엄마 곁에서 출산을 돕고, 아기에게 젖을 먹이는 기적을 경이롭게 바라보고, 검게 그을린 프라이팬을 집어 들어 태반을 굽는다는 것이.

"다 굽지는 마."

평평한 고깃덩이를 날카로운 칼로 자르는 덜란에게 말했다.

"절반은 내가 내일 수프로 끓일 거야. 같이 넣을 당근이랑 양파가 많아. 쐐기풀을 좀 따다 주면 더 좋고."

새로운 삼총사가 모여 앉았고, 덜란과 내가 태반을 스테이크인 양 먹는 동안 내 딸은 내 젖꼭지를 문 채 내 품에서 잠을 잤다.

"네 가운데 이름은 흘러웰린인데 모나의 가운데 이름은…… 뭐라고 할까?"

식사가 끝난 뒤 내가 묻자 덜란이 단호하게 대답했다.

"모나 로웨나."

나는 말했다.

"아냐, 아냐. 그레타. 모나 그레타."

그것이 내 딸의 이름이 되었다.

덜란

모나는 아직도 아프고, 늘 안겨 있으려고 한다. 소파에 앉아 인형을 갖고 놀지도 않고, 엄마와 내가 일하는 동안 텃밭에서 돌멩이와 꽃송이를 모으지도 않는다. 늘 우리 품에 안겨만 있으려고 한다.

엄마가 밤새 곁에서 모나를 살피기 때문에 낮에는 거의 내가 모나를 돌본다. 포대기로 모나를 업은 채 돌아다니고 밭일을 한다. 모나가 내 등에 업혀 있다가 잠이 오면 내 어깨에 머리를 기댈 수 있게 포대기의 높이를 잘 조절해서 맨다. 때로 걷잡을 수 없이 기침이 나오면 조그만 모나의 몸이 그 힘에 세차게 흔들린다. 모나는 기침을 하다 지쳐 잠이 든다.

오늘 나는 여동생을 등에 업고 다시 네보로 갔다. 마을 외곽의, 전에도 몇 번 가 본 적이 있는 어느 집으로 향했다. 그 집에 자꾸만 다시 가는 이유는 집 벽에 걸린 사진들 때문이다. 그 사진들이 왜 그렇게 좋은지, 왜 몇 개쯤 책장 사이에 끼워 집으로 가져오는지는 스스로도 잘 알 수가 없다.

마을에서 가장 큰 집 중 하나로, 꽤 새 건물이다. 종말이 오기 고작 몇 년 전에 지어져 다른 집들보다 깔끔하고 환하다.

나는 뒷문으로 들어가 신발을 벗었다. 보통은 남의 집에 신발을 벗고 들어가지 않지만.

"집."

모나가 등 뒤에서 작은 소리로 말했다.

"맞아. 큰 부잣집이야."

맞장구친 나는 발에 닿는 카펫의 부드러움을 기분 좋게 느끼면서 집 안을 돌아다녔다. 무엇이 어디에 있는지 다 안다. 집 앞쪽에는 커다란 침실이 있고, 뒤쪽에는 그보다 작은 방이 세 개 있다. 그중 하나는 10대 여자아이가 쓰던 방이다. 나는 그 아이의 방으로 갔다. '케이트'라고 적힌 작은 나무 명패가 달린 문으로 들어가 그 아이의 침대에 앉았다.

나는 케이트 방에 들어가는 것이 좋다. 벽에는 사람들 사진이 가득하다. 케이트 본인 독사진도 있고 부모와 같이 찍은 사진, 친구들과 같이 찍은 사진들도 있다. 케이트는 단정하게 빗은 긴 생머리에 키가 크고 날씬했다. 분홍색 입술, 갈색 눈을 지녔다. 모든 사진에서 웃고 있다. 환한 미소, 눈 가장자리에 주름이 지는 사랑스러운 미소를 짓는다.

방 한쪽 구석에 놓인 옷장 안에는 청바지와 원피스와 포근한 스웨터가 꽉 차 있다. 교복은 방문 안쪽에 걸려 있다. 긴 책선반이 있는데, 그리 좋은 책들이 꽂혀 있지는 않다. 한쪽 끝에는 작고 예쁜 향수병들이 모여 있다.

전화기와 노트북 충전기가 그대로 벽 콘센트에 꽂혀 있다.

책상에 교과서가 있다. 표지에 작고 두꺼운 글씨로 '10B반 케이트 프랜시스'라고 적혀 있다.

케이트 프랜시스는 아주아주 예쁘다.

이 감정이 무엇인지 모르겠다. 사진들 앞에 서서 케이트 프랜시스의 삶을 쳐다보며 느끼는 이 기분이 무엇인지. 케이트 프랜시스의 옷과 책과 친구들, 모든 것이 이 방 벽에 영원히 박제되어 있다. 물론 지금쯤 아마 다 죽었을 테고, 살았다면 이제 스물다섯 살쯤 되어 우리 엄마 같은 성인일 것이다. 하지만 이 방에서 그들은 영원히 어리다. 이 완벽한 집에서 변함없이 미소를 짓는다.

이 사진 속에 있는 남자아이들은 어떤 삶을 살았을까?

친구 무리와 함께 웃고, 혈연이 아닌 사람들과 알고 지내고. 누군가와 친구로 지내기로 선택하고, 누구와는 친구로 지내지 않기로 하고. 어쩌면 여자 친구도 만들 것이다. 미소 지을 때 눈가에 주름이 지는, 케이트 프랜시스 같은 여자 친구.

엄마는 내가 혼자 이 집에 오는 것을 모른다.

엄마한테는 우리가 먹을 쐐기풀이나 블랙베리나 민들레를 찾으러 간다고 하고 나서지만, 그러는 길에 이 집에 들른다. 이곳에선 고요함이 더 두텁게 느껴져서 좋다. 카펫이 푹신푹신한 것도, 당장에라도 바깥에 자동차가 멈추고 쇼핑을 다녀온 가족들이 우르르 내릴 것만 같은 기분이 드는 것도 좋다.

이곳에 있으면 이전 시대와 더 가까워진다. 이대로 빙그르르 돌아서면 케이트가 있을 것 같다. 자기 방에 있는 나를 발견하고, 내가 아무도 보지 않을 때 그 방에서 하는 일들에 몸서리치고 또 신기해할 것 같다.

내 몸이 원래 이렇게 작동하게 되어 있는 것인지 모르겠는데, 물어볼 사람도 없다. 또 바위처럼 굳고 표정 없는 얼굴이 될 것 같아 엄마에게는 물어볼 수 없다. 내 신체의 반응은 여러 책에도 나와 있어 정상인 것 같지만, 내 마음의 반응은 정상인지 모르겠다. 케이트의 살결을 생각할 때 가슴속이 웅웅거리는 기분이 드는 것도, 때로 내장과 근육과 뼈에서부터 다른 누군가와 닿고 싶은 기분이 솟아 잠 못 이루는 것도. 책에 그런 것은 나오지 않는다. 어쩌면 이것은 병인지도 모르겠다.

"피곤해."

문득 모나가 내 어깨에 머리를 기대었고, 폐가 긁히는 소리를 내며 숨을 쉬었다.

이번에는 부엌으로 갔다. 이미 엄마와 내가 털어 간 곳인데도 찬장을 열어보았다. 필요한 것은 그때 다 챙겼기 때문에 지금은 접시, 냄비, 너무 오래된 고기와 생선 통조림 같은 쓸모없는 것만 남아 있었다.

하지만 우리가 놓친 것이 하나 있었다. 싱크대 아래쪽 서랍에는 깔끔하게 개어둔 마른행주가 가득 들어 있었는데, 바로 그 밑에 굵은 금빛 글씨로 '마지팬MARZIPAN'이라고 적힌 기다란 사각형 상자가 숨어 있었다.

"너, 자?"

내 물음에 모나가 고개를 들었다. 나는 상자를 열고 속에 든 것의 냄새를 맡았다. 설탕, 그리고 무언가 따뜻한 것의 냄새가 났다. 내 안의 무언가가 그 냄새를 기억했다.

나는 마지팬 귀퉁이를 떼어 모나에게 주었다.

"안 먹어."

"특별한 건데. 새로운 거야."

모나는 내 손가락 사이의 작고 동그랗고 노란 것을 받아먹었다. 나도 긴 사각형의 마지팬을 한입 베어 먹었다.

정말로 맛있었다. 너무 달았지만 향미로 가득했다. 갑자기 그 향을 어디서 맡아보았는지가 기억났다. 실버 시저스 미용실. 게이노르가 할머니 머리를 감겨줄 때 쓰는 샴푸가 바로 이 마지팬 향이었다.

게이노르! 너무나 오랜만에 떠올리는 사람이었다.

"또."

모나가 이렇게 말해 나는 빙그레 웃었다. 며칠 동안 음식을 먹지 않은 모나였다.

"어때?"

"더 줘."

모나와 나는 집으로 가는 길에 마지팬의 절반을 먹었고, 그 향기롭고 달콤한 과자를 엄마에게는 절반밖에 남겨주지 못해 죄책감이 들었다.

로웨나

이전 시대에 삶은 참 쉬웠다.

너무 쉬워 죽음을 가지고 도박을 했다. 자, 우리 목숨을 놓고 담력 겨루기를 해볼까? 누가 누가 담배를 더 피우고 술을 더 마시고 음식을 더 먹다가 더 빨리 병들어 죽을까? 게다가 정말 병이 들어도 문제가 되는 경우는 별로 없었다. 마을 진료소에 가면 언제든 약과 해법을 얻고 치료를 받을 수 있었다.

그동안 덜란과 나에게는 의사가 필요한 순간이 종종 있었다. 때로는 병원이, 흰 가운을 입은 전문가들이 웃으며 우리를 치료해 주는 시설이 필요했다. 이를테면 덜란이 혈변을 보고 헛것을 볼 정도로 심각하게 아팠을 때. 아니면 내가 빗물 새는 곳을 메꾸려다가 부엌에서 미끄러져 발목이 부러졌을 때. (나는 아직도 절뚝거리며 걷는다.) 모나를 낳을 때. 그리고 생후 6개월에 모나가 심하게 열이 났을 때.

덜란과 나는 배웠다, 베인 상처가 크고 깊으면 이끼로 피를 흡수하는 게 좋다는 것을. 감기나 기침에는 수증기가 가장 도움이 된다는 것을. 가시투성이 쐐기풀을 몸에 문지르면 아주 많은 종류의 병이 낫는다는 것을.

하지만 모나는 이제 낫지 않을 것이다. 나는 그것을 알 수 있다. 덜란도 아는 것 같다. 가만히 멈춘 모나의 모습에서, 그것이 보인다. 유아의 몸에서 늙은이의 느릿한 몸짓이 나온다. 반짝이는, 그러나 피곤한 모나의 눈도 느리게 깜빡인다. 아직 젖을 먹기는 하지만 먹는 양이 적고, 너무 말랐다.

태어났을 때부터 쭉, 모나에게는 죽음의 위협이 있었다. 모나의 느린 움직임과 어딘가 이상한 머리 모양, 말할 때 발음에서 느껴지는 어눌함. 덜란도 알아챘는지는 알 수 없지만, 모나가 평범하지 않다는 사실은 언제나 분명했다. 어딘가 문제가 있었다.

모나가 밤에 내뱉는 기침은 마치 엔진 소리 같았다. 그 작은 몸에서 나올 수가 없는 것이었다.

모나가 등을 대고 누워서는 잠들지 못하니, 나는 모나를 안고 매일 밤을 소파에서 보냈다. 모나는 때로 내 피부에 끈적하게 닿도록 열이 났고, 때로 석판처럼 차가워졌다. 어젯밤에는 내 셔츠 단추를 모두 풀고 모나도 옷을 벗겨, 우리 둘이 살을 맞댄 채 담요를 뒤집어썼다. 모나가 느슨하게 작은 주먹을 쥔 채 두 팔로 내 목을 감쌌다.

그리고 모자라는 내 모든 강함과 약함 중에 줄 수 있는 것이라고는 말밖에 없었기 때문에, 나는 밤의 가장 어두운 때 모나에게 말을 하기 시작했다.

"그래그래, 모나, 카리아드 바흐cariad bach(우리 귀염둥이)."

모나가 손을 조금 움직였다. 주먹을 움켜쥐었다가 풀었다가, 부드러운 손끝으로 내 어깨뼈를 만졌다.

"날씨가 나으면 너도 나을 거야. 낫고말고. 꽃도 다시 필 거야. 흘러가드 어 디드llygad y dydd(데이지), 파비스 컴레이그 pabis Cymreig(양귀비), 단트 어 흘레우dant y llew(민들레)."

웨일스어 꽃 이름들이 내 혀에서 피었다.

"엄마."

모나가 말했다, 충분한 말들을 해보지 못한 그 여린 목소리로.

139

덜란

마지막 날 나는 모나를 포대기로 내 몸에 묶었지만, 등에 업는 게 아니라 가슴에 안고 포대기 끈을 묶었다. 모나는 간밤에 거의 잠을 자지 못했다. 나는 아침에 엄마의 품에서 모나를 안아 올리며 말했다.

"가서 자."

"자면 안 돼."

"안 되긴. 엄마는 좀 자야 해."

옷을 갈아입히는데, 모나가 지금까지와는 다른 방식으로 내 얼굴을 빤히 보았다. 살펴보는 것이 아니라 그저 내 얼굴에 가만히 눈길을 두었다. 나는 외투를 입힌 모나를 포대기로 가슴에 맨 뒤, 그 위에 외투를 입고 지퍼를 올렸다. 모나가 밖을 볼 수 있으면서도 안전하고 따뜻하도록.

함께 갔던 장소들에 모나를 다시 데리고 갔다.

정원을 돌고, 집 뒤편 들판에도 가고, 비닐하우스와 온실에도 갔다.

"여기에서 감자꽃이 피잖아. 알지, 모나? 여기는 순무를 키우는 곳이고. 그리고 저기는 네가 넘어져서 무릎이 까진 곳……."

서닝데일의 정원에도 갔다. 모나는 이곳에서 허브를 손에 문지르고 그 향내 맡기를 좋아했다. 나는 로즈메리 한 줄기를 꺾어 모나의 코 밑에 대주었고, 나의 여동생은 그 냄새에서 자기가 보낸 여름들의 흔적을 찾듯 작은 숨을 들이쉬었다.

들판을 지나 네보로도 갔다. 모나에게 맞는 아기차와 담요와 조그만 옷들을 발견한 곳도, 몇 주 전 함께 마지팬을 먹었던 부엌도.

그런 뒤 커다랗고 검은 호수 린 쿰 딜린으로 갔다. 호수는 고요하고 추웠다. 물장구를 칠 수 있는 날씨는 아니었지만 나는 두 팔로 모나를 감싼 채 모나의 머리카락에 대고 노래를 부르며 모나가 태어나던 밤을 생각했다. 엄마의 젖을 먹던 모나의 조그만 입과 모나가 이 세상으로 오면서 가지고 온 모든 것들.

희망. 새로움. 그리고 모나를 유일한 존재이게 하는 거대하고
도 대단한, 이름 없는 무언가.

모나가 잠시 고개를 들더니 그 호수를 바라보았다. 그리고
산을. 카이나르본과 앵글시와 끝없는 바다를. 그러고는 다시
내 가슴에 머리를 기대고 잠이 들었다.

엄마가 낸 소리를 나는 결코 잊지 못할 것이다. 늑대처럼 울
부짖는 소리였다. 언어를 모르는 짐승 같은 소리. 정원에서였
다. 하루가 저물어 가는 시간이었고, 모나가 죽어 있었다.

모나 그레타는 오늘 잔디밭 사과나무 아래에 묻혔다. 잠옷
과 좋아하던 담요에 따뜻하게 감싸인 채. 나의 여동생을 흙으
로 덮는 일은 세상에서 가장 고약한 일이었고, 엄마는 소리치
듯 울면서 풀밭에 무릎을 꿇었다.

나는 엄마를 보지 않으려 애썼다. 내 속에서 뜨겁고 진한, 철
렁이는 피 같은 것이 느껴졌기 때문이다. 하지만 끝내는 눈을
들어 엄마를 보았다. 시뻘겋고 보기 싫게 일그러진 엄마의 눈
물 젖은 얼굴을 보니, 내 허파에서부터 괴롭고도 거친 숨이 뿜
어져 나왔다.

한 삽 한 삽을 점점 무겁게 느끼며 무덤에 흙을 채우던 중, 하늘에서 우리 집 쪽으로 날아오는 화살표의 형상이 보였다. 오래전 까만 구름과 함께 모든 새가 달아난 뒤로 단 한 마리의 새도 보지 못했는데, 이렇게 조용히, 우아하게 돌아왔다. 오늘은 내 여동생이 묻힌 날이고, 새들이 돌아온 날이다.

"캐나다 거위네."

카이나르본을 향해 사라지는 그 새들을 보면서 내가 조용히 말했다.

오늘 밤, 구름이 가득하고 별이 없는데도 엄마와 나는 외투를 입고 보조 지붕에 앉았다. 엄마는 움직임 없이 조용했고, 얼굴이 바위처럼 차갑게 닫혀 있었다.

"모나 이름을 넣어서 묘비를 만들 거야."

나는 혼잣말을 하는 기분으로 말했다.

"그리고 '내가 가는 곳으로 향하는 길을 너희는 알 테니'라고 새겨 넣을 거야."

엄마의 눈이 번뜩였다. 그 안에 무언가 위험한 것, 새로운 것이 있었다.

"성경?"

"「요한복음」. 모나가 좋아했어."

엄마가 깊은 한숨을 쉬었다. 내 눈을 마주 본 엄마는 입에서 독을 뿜듯이 말을 내뱉었다.

"네가 믿는 그 신이 지금은 도대체 어디에 있는데?"

엄마는 보조 지붕에서 내려가 집 안으로 사라졌다.

잠시, 생애 처음으로, 나는 엄마를 증오했다. 엄마의 목소리도 얼굴도 향내도, 고개만 돌리면 언제나 가까이에 엄마가 있다는 사실도, 엄마의 비밀도 과거도, 내 믿음을 조롱하는 자비 없는 마음도 모두 미워했다.

잠깐 흐른 마음이었지만 사람을 향한 증오가 처음이었다. 그 마음의 강렬함은 사랑에 가까웠지만, 믿음과는 견줄 수가 없었다.

나는 여태 머릿속에서 꽉 잠가두고 외면했던 생각들을 비로소 마주했다.

'엄마가 숨기는 게 뭐야? 모나 아빠는 누군데? 내 아빠는 누군데? 엄마의 아빠는? 늘 종말의 언저리에서 비틀거리던 세상에서 왜 나를 낳았는데?'

엄마가 미웠다.

곧, 방에서 엄마가 흐느끼는 소리가 들렸다.

나는 푸이흘을, 그 흉한 괴물 같던 토끼를 생각했고, 그 토끼를 무릎에 안고 잠든 모나를 생각했다. 엄마는 푸이흘의 존재조차 알지 못했다. 이제 모나가 떠났으니 푸이흘을 아는 것은 세상에서 나뿐이다.

모두에게는 비밀이 있다.

로웨나

모나의 아버지가 누구였는지를 꼭 적어야겠다는 생각이 드는데, 이유는 모르겠다. 그러면 모나의 존재가 좀 더 진짜가 될 것 같아서일까. 태어났다는 사실이 등록된 적 없는, 공원에도 학교에도 가 본 적 없는, 아이폰으로 얼굴 사진 한 장 찍지 못한 내 딸. 나의 소중한 모나 그레타.

2월의 비 오는 날이었고, 들판 가장자리 그늘진 곳에는 눈이 조금 남아 있었다. 종말이 온 뒤 2년이 지나, 딜란과 내가 다른 사람을 만나지 못한 지도 거의 그만큼의 시간이 흘렀을 때였다. 데이비드와 수전 부부의 존재가 오래전 꿈처럼 느껴졌다. 이전의 것들, 직장과 학교와 게이노르…… 모두 다른 누군가의 인생처럼 어렴풋했다.

평소처럼 덜란은 욕조에 개울물을 채우는 것으로 하루를 시작했다. 당시 덜란은 오래된 파이프로 물을 집 안까지 끌어오는 방법을 구상 중이었는데, 아직 실행하지는 않았을 때라 매일 아침 들통에 물을 채워 집으로 날랐다. 덜란은 스스로를 여덟 살 아이라고 생각하지 않았다. 일꾼이라고 생각했다.

그날 아침 나는 데이비드의 헛간에서 빌린 장비를 배낭에 지고 큰길까지 1.6킬로미터쯤 걸었다. 버섯을 키울 거대하고 어두운 상자를 덜란과 함께 만들고 있던 차라 크고 평평한 뚜껑이 필요했다. 도로 표지판을 쓰면 딱 맞겠다는 생각이 들었다. 운전자들에게 카이나르본까지 9.6킬로미터가 남았다거나 방고르까지 3.2킬로미터가 남았다거나 하고 안내해 주는 바로 그 판. 만일 그것이 너무 크면 속도 제한 경고판이나 주차 공간을 알리는 P자 판을 쓰면 되리라 생각했다.

수년 동안 도로를 달린 차가 없었다. 이 세계의 모든 사람이 죽었으니까. 예전 같았으면 승용차와 트럭의 끝없는 행렬이 쌩쌩 지나갔을 A487 도로로 들어섰다. 아스팔트 위로 이끼와 풀과 잡초가 자라 있었다.

나는 이렇게 적힌 표지판을 기둥에서 떼어내기로 했다.

무거운 나무망치로 금속판을 치며 땀을 흘리고, 큰 소리로 욕설도 뱉었다. 하지만 즐기기도 했다. 기어코 떼어낼 수 있으리란 것을 알았기 때문이다.

그때 시야 가장자리로 얼핏 무언가가 움직였다.

돌아보니 A487 도로에서 한 남자가 자전거를 타고 내 쪽으로 오고 있었다. 물론 나는 욕설이 튀어나왔고, 나무망치를 당장이라도 내리치려 머리 위로 쳐들었다. 남자가 나를 보더니 급히 자전거에서 내렸다. 우리는 각자의 위치에 가만히 서서 서로를 쳐다보았다.

만약 내가 총을 가져왔었더라면 그 남자는 단 한마디도 내뱉기 전에 죽었을 것이다.

예수 같은 모습이었다.

뒤엉킨 긴 머리카락, 얼굴의 절반을 가리는 턱수염. 깡마른 몸에, 청바지는 너무 짧고 흰 티셔츠는 더러웠다. 갈색의 커다란 두 눈은 송아지 같기도, 아이 같기도 했다.

"가까이 오지 마!"

내가 쏘아붙였다. 그 난폭함에 내가 놀랄 지경이었다. 내 목소리인데도 짐승의 소리 같았다.

예수는 내가 총을 겨누기라도 한 것처럼 손바닥을 보이며 두 손을 들어 올렸다.

"나 말고도 사람이 있었네요, 사람이!"

말이라는 것을 아주 오랜만에 해보는 것 같은 목소리로, 그가 말했다.

"어디서 왔어요?"

나무망치를 그대로 쳐든 채 내가 물었다.

"나만 살아남은 줄 알았는데! 포르스마도그에 살아요. 아무것도 없는 곳에. 남이 살던 빈집에 살아요."

그가 내 나무망치를 올려다보고는 말했다.

"내려놔 주세요. 절대 해치지 않아요. 그냥 사람이 또 있어서 너무 반가워요."

몇 초 망설이다가 나는 망치를 내렸다. 예수가 미소를 지어 보였다.

"포르스마도그에 사람들이 있어요?"

남자는 고개를 젓고 대답했다.

"펜리힌 주변에 남자가 한 명 있는 것 같아요. 연기를 보고 짐작하기로는요. 포르스마도그 자체는 죽은 마을이에요."

그 사실이 여전히 충격인 것처럼 고개를 절레절레 흔든 그가 이번엔 내게 물었다.

"그쪽은요?"

"저기요."

나는 집 쪽으로 고갯짓을 했다.

"아, 안테나 탑 아래에 사는 여자."

그는 네보 안테나 탑의 예쁜 불빛들이 꺼진 지 오래되었다는 것을 모르는 것처럼 미소 지었다.

"나도 몇 년 동안 사람을 본 적이 없어요. 그래도 아들이 하나 있어요. 혼자는 아니에요."

내 말에 남자가 빙그레 웃었다. 잘생긴 얼굴이었던 것 같다. 종말 이후에 그런 것은 의미 없는 개념 같았지만.

"우아! 아들이요? 몇 살이에요?"

그 남자의 이름은 귀온이었다. 우리는 A487 도로 한가운데 지워져 가는 흰 선 위에 마주 보고 앉아, 보슬비에 천천히 젖어 가며 한동안 이야기를 나누었다. 세상에 무슨 일이 일어났는지, 또는 일어나고 있는지, 또는 앞으로 무슨 일이 일어날 것인지에 대해 그도 나만큼이나 아는 것이 없었다. 그가 아는 것은 이 사태의 아주 초반에 사람들의 패거리로 몰려다니면서 싸움을 하고, 식량과 연료와 약을 서로 차지하려 다투었다는 것이었다. 지금쯤 그들은 서로를 죽였거나 다른 어딘가로

이동했을 것이라고 했다. 귀온은 어쩌면 카디프나 런던에서는 삶이 정상적으로 돌아가고 있지 않겠느냐고 말했다. 이곳의 사회가 무너졌다고 해서 모든 곳이 다 그렇지는 않을 거라고. 그 많은 사람이 어딘가로는 가지 않았겠느냐, 다 죽었을 리는 없지 않겠느냐, 하면서.

"정말 그렇게 믿어요?"

내가 묻자 귀온이 어깨를 으쓱하고 대답했다.

"모르겠어요. 뭘 믿어야 하는지도 모르겠고 무엇을 바라야 하는지도 모르겠어요. 이제 인류는 다시 시작하는 건가? 아니면 우리는 구출되기를 기다리고 있는 건가?"

이런 대화를 너무도 하고 싶었다는 것을 나는 이때 비로소 깨달았다. 물론 덜란은 좋은 동반자고, 이제는 거의 어른으로서 이야기 상대가 된다. 하지만 종말 이전의 삶을 제대로 기억하지 못한다. 덜란에게는 그때의 일들 중 무엇도 실제로 경험한 일이 아니다.

얼마 뒤 나는 자리에서 일어섰다.

"하던 일을 계속해야겠어요."

귀온이 고개를 끄덕이고는 같이 표지판으로 가 내가 하던 작업을 도와주었다. 곧 표지판이 떨어졌다. 이제 집으로 끌고 가 버섯 재배 상자 뚜껑으로 쓰면 되었다.

그때 귀온이 자기 가방에 손을 넣었다. 나는 한 걸음 물러났다. 조심해야 한다고 본능이 경고했기 때문이다.

그런 나를 본 귀온이 잠시 가만히 있었다.

"괜찮아요. 저 절대 위험하지 않아요. 사람에 대한 희망을 잃진 마세요."

귀온은 가방에서 막대 모양 다크초콜릿 한 개를 꺼냈다.

"유통기한에서 한 달쯤 지난 것 같아요. 아마도요. 오늘이 며칠인지를 정확히 몰라서."

귀온이 그것을 건네며 덧붙였다.

"아들한테 주세요."

잠시 할 말을 찾지 못하던 내가 말했다.

"저는 드릴 게 없는데요."

"안 주셔도 돼요. 저는 가끔 좋은 것들이 생겨요. 어린아이가 초콜릿을 먹게 됐다고 생각하니까 기분이 좋은데요."

귀온은 도둑이었다. 주인 없는 집들을 이곳저곳 다니면서 음식과 옷가지를 훔쳤고, 훔쳐 사는 집 앞마당에 심을 작물도 훔쳤다. 수백 채의 집을 드나들었지만 사람을 만난 것은 내가 처음이라고 했다.

초콜릿을 청바지 뒷주머니에 넣는 나에게 귀온이 이렇게 덧붙였다.

"살아있는 사람을 만난 건 처음이란 말이죠. 대부분 그 구름 때문에 죽은 것 같아요."

그 구름을 오랜만에 떠올렸다. 하지만 내가 우리의 목구멍에 애써 물을 흘려 넣지 않았더라면 덜란과 내가 살아남지 못했으리라는 사실을 늘 잊지 않았다. 약하디 약해졌을 때의 나는 물을 뜨러 갈 힘이 없었을 것이다. 미리 떠놓은 물이 없었다면 우린 탈수로 죽었을 것이다.

"고마워요……."

귀온은 말을 꺼내놓고도 무엇에 고마워해야 하는지를 잠시 생각하다가 이어 말했다.

"아무도 없다고 생각했거든요. 다른 사람 목소리를 들을 날이 있을 줄은 몰랐네요."

굳고 차가워지고 의심도 많은 나였지만, 그때는 귀온에게 미소를 지을 수밖에 없었다. A487 도로 위의 예수에게.

귀온은 아마 비닐하우스와 자라나는 작물들, 그리고 추운 날 굴뚝에서 피어오르는 연기를 보고 우리 집이 어디인지를 알아챘을 것이다. 몇 달에 한 번씩 현관문 앞에 선물이 놓여 있었다. 각설탕 한 상자라든지, 건조 허브 양념 한 병이라든지. 또 어느 화창하고 아름답던 날에는 옛날식 오렌지 모양의 비누 하나가 놓여 있었다. 지난날의 향이 났다.

우리가 A487에서 만난 지 거의 1년쯤 된 어느 밤, 나는 자러 가기 전 커튼을 치려다 그를 발견했다. 정원 벽 뒤에서 배낭을 등에 진 채 서 있었다. 그를 보자마자 나는 당황해 어쩔 줄을 몰라 했다. 덜란이 깨어서 그를 보면 어떡하지? 덜란은 귀온에 대해 아무것도 모르는데! 그러면서도 창밖으로 그를 보고 느낀 기쁨을 외면할 수 없었다. 종말 이후로는 느끼기 힘들었던 종류의 강렬한 즐거움, 기분 좋은 놀라움이었다.

"들어오면 안 돼요."

그게 내 첫마디였다.

"덜란이 당신을 보면 안 돼요."

이날 그는 셔츠를 입고 있었다. 작은 단추들이 반짝이는 파란 셔츠였다. 날이 저물고 있었고 하루 끝의 어둑함이 그를 더 돋보이게 해주었다. 사랑스러운 모습이었다.

귀온이 함박웃음을 지으며 말했다.

"여전히 여기 있네요! 대단해요, 이렇게 생존하고 있다니! 멋져요, 그레타!"

처음 만났을 때 왜 그에게 진짜 이름을 말해주지 않았는지 나도 모르겠다. 이 새로운 세계에서는 이것저것이 다 지나치게 개인적인 부분 같아서, 그리고 세상에서 나만이 가진 것은 내 이름뿐인 것 같아서 그랬을지도. 덜란은 나를 엄마라고 부른다. 나를 로웨나라고 부르는 사람은 이제 아무도 없다.

귀온은 석 달에 한 번 정도 나를 만나러 왔다. 매번 선물을 가져왔고 때로는 요긴한 정보도 가지고 왔다. 모르바 버한의 바닷가에서 죽은 고래 한 마리를 보았다고 했고, 포르스마도 그에 있는 대형 마트의 주차장 옆 잡초밭 사이에서 사슴 일가족을 보았다고도 했다. 또 하루는 이렇게 말했다.

"당신 생각해서, 네보에 있는 집들에 가봤어요. 아무도 안 살아요. 문 닫힌 방에만 들어가지 말아요. 알잖아요, 그 구름 때문에."

"왜 그런 이야기를 해요?"

"음, 도둑질을 나쁘다고 생각하는 건 알아요. 그런데 그 사람들도 바랄 거예요, 당신이 자기들 물건을 가져가 쓰기를."

당장에라도 모범적인 말로 반박할 수 있었지만, 나는 귀온의 말이 옳다는 것을 알았다. 네보는 고작 800미터가량 떨어져 있고, 나와 덜란이 쓸 수 있는 깨끗한 이불, 냄비와 그릇, 우리 집 지붕을 고칠 수 있는 완벽한 슬레이트가 있을 터였다. 나는 거의 3년간 매트리스 없이 잠을 잤고, 깨끗하고 보송한 것들이라는 사치스러움은 생각만 해도 간절해졌다.

"고마워요."

나는 말했다. 우리의 삶에 작고도 거대한 변화가 일어나게 되었음을 예감했다. 무단 침입, 절도, 타인들의 삶이 남긴 부스러기를 주워 생존하기. 아니, 생존하기 위한 변화는 아니었다. 우리는 이미 생존하는 데 어려움이 없었으니. 하지만 나는 그 이상을 원했다. 그저 조금 더.

"책도 있어요?"

나는 물었다.

"있고말고요! 아주 많아요. 누군가가 읽어줘야 해요, 그레타! 누군가가 그 책들을 감상해 줘야 한다고요!"

우리가 그렇게 했다.

나머지에 관해서는 쓰지 않을 것이다. 어느 서늘해지던 밤 어스름 속에서 그가 손을 내밀어 내 손을 잡았던 것도, 흙냄새가 나는 남자와 함께 눈을 맞추던 기분이 어떠했는지도. 비닐하우스 밖으로 눈송이가 먼 모닥불의 재처럼 흩날릴 때 그가 보인 따뜻한 미소도, 내 볼을 어루만지던 부드러운 엄지도 묘사하지 않겠다. 마침내 서닝데일의 현관 매트 밑 열쇠의 유혹에 굴복하여 그와 함께 소프 부부의 집으로 들어갔던 것, 그들의 침대에 누웠던 것, 그 습하고도 먼지 쌓인 침대가 천국의 구름처럼 부드럽게 느껴졌다는 것도 말하지 않을 것이다. 언급하지도 기억하지도 않을 또 하나는 창문으로 들어오는 부드러운 달빛과 침대 옆 탁자의 흔들리던 촛불 속에서 본 그의 발 위 작은 문신, 흰 피부에 단순하게 새겨진 'M'이라는 알파벳이다. 나는 그 문신에 관해 묻지 않았지만 엄지로 그 글자를 어루만졌고, 귀온은 뒤척이다가 깨어 눈을 깜박거렸다. 파란 눈동자가 밤의 어둠으로 까맣게 물들어 있었다. M을 쓰다듬는 나의 손길이 소리 내어 물어볼 용기가 없는 질문을 대신 해주었다. 귀온은 말이 없다가 몇 번 마른침을 삼키고는 목이 멘 목소리로 속삭여 대답했다.

"이 모든 일이 일어나기 전에, 아이가 있었어요. 얘기하기가 힘들어요."

그리고 그는 더 이야기하지 못했다. 그 일에 관해 그는 차마 거기까지밖에 이야기할 수 없었다.

하지만 내가 귀온에 관해 기록하는 것은 중요하다. 우리의 관계는 참으로 오해하기 쉽기 때문이다. 몸을 내어주고 비누와 초콜릿을 얻은 여자. 욕망으로 가득한 세상 속의 어떤 상업적 거래. 하지만 모나를 만들어낸 것은 그런 관계가 아니었다. 그때까지 귀온만큼 나를 만나 행복해하는 남자는 없었고, 나역시 이만큼 정직하고 근본적이고 진실한 이끌림을 느껴본적 없었다. 사랑은 종말 이전의 세계보다 지금 이 세계에 더 잘 맞는 것 같다.

　나는 귀온에게 무슨 일이 생겼는지 알지 못한다. 어쩌면 우리 집을 몰래 보다가, 빨래를 널거나 장작을 패는 나의 티셔츠 밑 불룩 솟아오른 배를 보았을지도 모른다. 어쩌면 죽거나 살해당하거나 병으로 쓰러졌는지도 모른다. 어쩌면 집 안으로 초대받지 못하고 언제나 비닐하우스나 텅 빈 옆집에서 만나야 하는 것이 지긋지긋했는지도 모른다.

　어쩌면 진짜 이름이 귀온이 아니었을 수도 있고, 종말 이전에 목수가 아니었을 수도 있고, 포르스마도그의 훔친 집에서 살지 않았을 수도 있다. 어쩌면 나 같은 여자 수십 명이 하루가 끝나갈 때쯤부터 각자의 정원 가장자리에 그의 실루엣이 보이기를 기다렸는지도 모른다. 하지만 나는 믿는 쪽을 선택한다. 올 수 있었다면 나에게 돌아왔을 것이라고. 할 수만 있었다면 자기 딸을 만나고 사랑했을 것이라고. 우리가 믿는 것, 신념을 가진 것은 모두…… 우리가 믿기로 선택한 것들이다.

로웨나

네보에 있는 집에서 물건을 훔쳐도 좋다고 결정하고 나자, 모든 것이 더 쉬워지고 또한 더 어려워졌다.

"왜 마음이 바뀌었어?"

처음으로 들판을 가로질러 네보로 가며 덜란이 물었다. 덜란이 아홉 살쯤 되었을 어느 겨울 무렵으로, 귀온이 나를 찾아오기 시작한 뒤였지만 임신을 하기는 훨씬 전이었다.

"때가 됐어."

"그래도 이유가 있을 거 아냐. 왜 때가 됐는데?"

나는 뚝 멈추어 섰다. 잘못한 것이 없는 덜란에게 짜증이 나는 이유를 아프도록 잘 알았다. 귀온의 존재를 덜란에게 숨기다 보니, 말도 안 되기는 하지만 마치 불륜을 저지르는 듯한 죄책감을 느낀 것이다.

　나는 아들을 바라보았다. 아홉 살이라기에는 너무 마르고 너무 근육이 많은 아이. 덜란이 나를 보고 미소 짓자 비뚜름한 치아가 옛 기억을 건드렸다.

　"덜란, 세상에서 가장 갖고 싶은 게 뭐야?"

　진지하게 고민하느라 덜란의 얼굴에서 웃음이 사라졌다.

　"무엇이든 괜찮아?"

　"응, 무엇이든."

　덜란은 곰곰이 생각했다. 나는 종말 이전 마지막 크리스마스를 떠올렸다. 수북이 쌓인 흉한 플라스틱과 전자제품 따위가 우습게도 덜란을 향한 내 사랑을 증명했던 그때를 말이다.

　덜란이 결심한 듯 대답했다.

　"온실. 불을 조금 피우면 계속 따뜻하고, 우리 집이랑 연결돼 있는 온실."

　덜란은 진지하기 그지없었지만 나는 그런 덜란을 보며 싱긋 웃지 않을 수가 없었다. 덜란은 손이 거칠고 단단해도 손길만큼은 부드러웠다. 농부로서 본능적 감각을 지닌 손길이었다.

　"온실을 지으려면 뭐가 필요한데? 그래, 온실을 짓자, 덜란. 짓는 데 필요한 걸 네보의 집이랑 정원에서 찾아봐. 같이 집으로 날라서 너 하고 싶은 대로 해보자."

덜란의 눈이 휘둥그레졌다.

"정말?"

"정말이지. 대신 이거 하나만 약속해. 엄마가 먼저 확인하기 전에는 아무 집에도 들어가지 않기. 알았지?"

"알았어."

덜란은 시신을 보기에는 너무 어린 나이였다.

남의 집이란 참 묘한 장소다.

첫인상이자 가장 뚜렷한 특징은 냄새다. 아무도 살지 않은 지 몇 년이나 지났는데도 그들의 영혼이 은근한 냄새로 남아 있다. 세제, 담배, 광택제. 모두가 마치 출근한 것처럼 집을 비웠다. 싱크대에는 더러운 머그잔이 그대로이고, 현관 매트 위에는 고지서가 놓여 있고, 화장실 선반에는 진빨강 립스틱이 있다.

우리는 몇 달 동안 네보의 집들을 탐색하여, 이것저것을 바퀴 달린 쓰레기통에 담아 집으로 끌고 왔다. 그 쓰레기통도 빗물을 받아두기 좋아서 집에 두었다. 우리가 가져온 것들은 이렇다.

- 내가 쓸 더블 매트리스, 딜런이 쓸 싱글 매트리스
- 먹을 수 있는 상태인 수십 또는 수백 개의 통조림
- 스웨터, 외투, 양말, 신발
- 바늘과 실
- 책

나는 처음으로 시신을 보았다. 대여섯 구 또는 그 이상이었는데 딱히 세지는 않았다. 노인도 젊은이도 중년의 사람들도 있었다.

머릿속에 다시금 떠오르는 것은 처음 본 시신의 모습이다.

❖

다닥다닥 붙어 있는 임대 주택이었다. 집 앞 정원에는 저녁을 먹으러 들어오라는 엄마 목소리에 아이가 내버려두고 들어간 듯한 파란색 자전거가 있었다.

나는 집 앞쪽의 큰 방에서 그들을 발견했다. 커다란 더블 침대에 잠옷을 입고 누운 유골이었다. 보라색 목욕 가운의 품에 맨체스터 유나이티드 유니폼이 안겨 있었다. 머리카락도 고스란히 남아 있었다. 어머니는 탈색한 금발(혹시 내가 해준 머리일까?), 아들은 짙은 갈색 머리.

나는 그 방에 들어서자마자 그대로 멈추어 섰다. 덜란은 정원에서 자전거를 살펴보고 있었다. 그 자전거가 제 것이 될 수 있다는 생각에 마음이 설레는 모양이었다. 덜란이 길에서 자전거 체인을 만지작거리고 브레이크를 잡아보는 소리가 들렸다.

바깥에서 덜란이 내는 소리를 들으며 그 모자의 시신을 바라보고 있자니, 그 구름이 밀어닥친 뒤 덜란과 내가 죽음에 맞서 싸웠던 시간이 떠올랐다.

보라색 목욕 가운을 입은 이 여인은 나와 친해질 수 있었을지도 모른다. 남자아이는 어쩌면 덜란과 비슷해, 둘은 함께 축구를 하고 자전거를 나누어 탈 수 있었을지도 모른다. 두 아이는 친구가 될 수도 있었을 것이다.

방 안으로 발걸음을 떼는데, 어째서인지 갑자기 「시편」 21편이 생각났다. 한 구절도 빠짐없이 기억나는 것이 놀라웠다.

나는 그것을 고스란히 암송했지만 어느 부분도 믿지 않았다. 믿지 않고서도 「시편」을 암송할 수 있다. 그 리듬이, 특히나 웨일스어로 암송할 때의 리듬이 마음을 달래준다. 때로 하루 끝에 너무 지친 나머지 소설의 이야기를 따라가기 버거울 때도 나는 「시편」을 읽는다.

옷장을 열어보니 모든 것에 레이스 덮개처럼 먼지가 쌓여 있고, 이 여인이 어떤 사람이었는지 짐작하게 하는 작은 특징

들이 보였다. 분홍색 립스틱. NRG라는 이름의 향수병. 금발
머리카락이 몇 올 걸린 솔빗. 동전. 앞장에 해바라기 사진이 있
고 속에는 휘갈겨 쓴 메시지가 있는 카드.

잘되었길 바라. 모든 게 정리되면 곧 당신과 네이선을 만
나러 갈게. 사랑해. – M

우편물 수거 마감 직전에 급히 쓴 무심한 카드 같은데, 침대
위에서 부패한 이 금발의 여인에게는 특별한 의미인 모양이
었다. 창턱에 올려두거나 냉장고에 붙여둔 것이 아니라, 가장
개인적인 공간인 자기 방에 갖다 두었으니.

M은 지금쯤 어디에 있을까 궁금해졌다.

나는 분홍색 립스틱 뚜껑을 열어 나의 얇고 주름진 입술에
발랐다. 이 금발의 여인은 예뻤을까? 목소리는 어땠을까? 맨
체스터 유나이티드 유니폼을 입은 어린 아들이 잠자리에 들
때 책을 읽어주었을까? 아이가 학교 정문으로 나오면 활짝 웃
어주었을까?

방 한구석의 의자 위에는 다림질할 옷이 한 무더기 쌓여 있
었다.

그 집에서 냄비와 옷과 소금을 훔쳐 오면서, 나중에 돌아와

뒷마당에 큰 구덩이를 파고 이 2인 가족을 제대로 묻어주어야 겠다고 다짐했다.

하지만 결국은 그럴 마음이 나지 않았다. 두 사람은 고요함 을 이불처럼 덮은 채, 그 침대에서 함께 행복해 보였다.

덜란

가로 30센티미터 세로 90센티미터쯤 되는 그 긴 석판은 누군가의 땅을 다른 이의 땅과 분리해 주는 울타리의 한 부분이었다. 양 떼가 지나가는 것을 막기 위해 서로 좁은 간격으로 세우고 철사로 묶은 그것은 땅에서 솟아오른 커다랗고 까만 치아 같다. 우리는 그것을 크라위아Crawia라고 부른다. 누군가가 산을 각 구획의 땅덩이로 나누기 위해, 채석장에서 수백 개의 석판을 날라 땅에 심은 것이다.

내가 한 부분을 훔치는 바람에 울타리에 빈틈이 생겼다. 나는 그것을 외바퀴 손수레에 싣고 집으로 날라, 모나의 무덤에 평평하게 놓았다. 글자를 새기는 일은 건조하고 조용한 헛간에서 하는 게 더 쉬웠지만 나는 바로 그곳, 모나가 갓 잠든 땅 위에서 하고 싶었다.

모나를 묻은 지 9일이 지났고 많은 것이 변했다. 엄마와 나는 서로 이야기를 나누지 않는다. 예전처럼 제대로 대화하지 않는다는 뜻이다. 엄마는 밤에 보조 지붕로 와서 내 옆에 앉지도 않고, 책을 읽지도 않는다. 해야 하는 몇 가지 일과만 해낸다. 작물을 돌보고, 고칠 것을 고치고, 음식을 만들고. 그러고는 잘 자라는 인사도 하지 않고 잠자리에 든다.

나는 피워둔 불을 살피고 T. H. 패리윌리엄스의 에세이와 산 저편에 살았던 옛 작가들의 글을 읽는다. 때로는 비닐하우스나 보조 지붕에 혼자 앉아 있는다. 그렇게 모나를 생각한다. 생각하며 때로는 미소 짓고, 때로는 토할 것 같을 때까지 운다. 이유는 모르겠지만 때로 푸이흘도 생각하며, 푸이흘 때문에 운다. 하지만 언제나 소리 없이 운다. 엄마가 들을지도 모르기 때문에.

나는 무언가를 갈망하는데, 그것이 무엇인지 모르겠다.

망치와 끌을 가지고 묘비에 글을 새겼다. 제대로 하기 위해 한참 공을 들였다. 커다란 글씨로 '모나'를 새기고 그 아래에 '그레타'를 새겼다. 그러고 나니 글귀를 새로 생각해 내야 했다. 엄마가 신을 어떻게 생각하는지 말했으니까, 이제 성경 구절을 새기고 싶지는 않았다. 엄마와의 말다툼이 아니라 모나를 기억하고 싶으니까.

나는 문 앞 계단에 앉아서 어떤 글귀가 좋을까 고민했다. 집 안에는 수없이 많은 책이 있고 그중 절반쯤은 욀 수 있을 정도로 잘 알지만 꼭 맞는 글귀는 없는 것 같았다.

거위 한 마리가 머리 위를 날았다. 아직 까마귀와 갈매기와 명금은 본 적 없지만 분명히 그들도 돌아올 것이다.

새들이 얼마나 멀리 나는지 생각하다가, 새들에게는 온갖 곳이 자기 세상일 것을 생각하다가, 모나에게는 이곳, 오직 이곳만이 자기 세상이었다는 사실이 생각났다. 이곳이 모나의 삶이었으며, 모나는 어떤 면에서 앞으로도 늘 이곳에 있을 것이다. 개울에 발을 담그고 산울타리에서 블랙베리를 따던 모나를 나와 엄마가 기억하는 한은 말이다. 사람은 그렇게 영원히 사는 것 같다. 익숙한 장소들 속의 작은 기억들 속에서.

나는 묘비로 돌아가 글자를 새기기 시작했다.

마이 다르나이 오호노브 아르 와스가르 히드 어 브로Mae darnau ohonof ar wasgar byd y fro.

- T.H. 패리윌리엄스

내가 묘비에 웨일스어를 새긴 것에 엄마가 불만스러워했는지는 알 수 없었다. 엄마는 우리와 한 번도 웨일스어로 대화하지 않았다. 모나와 내가 영어와 웨일스어를 모두 써서 떠들 때도. 하지만 나는 엄마가 싫어하지 않으리라 생각하기로 했다. 모국어이고, 모나에게 어울리니까.

나의 조각들이 전원 여기저기에 뿌려져 있다.

이제 크라위아처럼 보이지 않는다. 무덤처럼 보인다.

로웨나

오랫동안 글을 쓰지 않았다. 그 이유를 모두 쓸 수가 없다. 모나가 떠난 뒤로 덜란과 나는 보이지 않는 안개에 감싸인 것 같고, '네보의 푸른 책'이 우리 둘 사이의 답 없는 문제를 해결해 주지는 않는다.

어린 딸을 땅에 묻은 지 몇 달이나 지났고(정확히 몇 달인지는 모르겠다.) 덜란이 마지막으로 이 노트를 펼쳐 무언가를 적은 지도 몇 달이나 지났다. 이제 덜란은 어른이 다 됐고, 내가 깊은 슬픔 속에서 잔인해진 뒤로 우리 사이에는 불편함이라는 강이 흐른다. 나는 덜란이 글을 쓰지 않는 이유를 안다. 이 시절이 기록되는 것이, 기억되는 것이 싫기 때문일 것이다.

덜란이 나를 떠나가리라는 생각이 든다.

어쩌면 다음으로 다가올 일은 그것, 덜란이 이곳을 떠나는 일이 아닐까. 네보에 간다고, 아니면 집 뒤편 감자밭의 잡초를 뽑으러 간다고 하고 나가서는 돌아오지 않는 게 아닐까. 어쩌면 앵글시를 멍하니 내다볼 때, 비 오는 날 보조 지붕에 앉아 있을 때 덜란이 하는 생각이 그것인지도 모른다. 하지만 또한 나는 마음 깊은 곳에서부터 안다. 덜란은 여린 마음 때문에 차마 나를 떠나지 못하리라는 것을. 덜란은 나를 자신의 책임으로 여긴다. 덜란은 진저리 날 만큼, 끔찍할 만큼 나에게 묶여 있다. 우리가 생존하는 데 필요한 일들을 나보다 덜란이 더 많이 하고 있다.

밤에 가끔 일어나는 일이 오늘도 일어났다. 나는 잠들었다가 작고 가느다란 외침을 들었다.

"엄마!"

짧고 기분 좋은, 기쁨에 찬 목소리였다. 꿈인 것을 알면서도 나는 벌떡 일어나 앉아 두리번거렸다. 나는 늘 모나를 찾는다. 이것은 결코 낫지 않는 정신병일 것이다.

일어나서 덜란의 방으로 갔다. 담요를 바싹 덮은 채 내 쪽을 등지고 잠을 자는 덜란이 열린 문틈으로 보였다.

"미안해."

조용히 뱉은 내 말에 덜란이 벌떡 일어나 앉았다.

"엄마, 괜찮아?"

"괜찮아. 너한테 다 미안해. 그 말이 하고 싶어서. 사랑해, 정말로 많이."

우리 사이에 침묵이 흘렀다. 나는 할 말이 너무나 많으면서도 할 필요가 없기를 바랐다.

"가끔씩 모나의 목소리가 들려와, 한밤중에. 그래서 잠에서 깨고⋯⋯."

덜란이 고개를 끄덕였고, 나는 이어서 고백했다.

"깨고서 기억이 나면 괴로워."

"그랬구나⋯⋯. 그래도 우린 괜찮아질 거야, 엄마."

그러고는 우리 둘 다 잠을 잤다. 다음 날 아침 모든 것이 아주 조금 나아져 있었다.

로웨나

바로 오늘 아침에 일어난 일이다. 그 일 때문에 아직도 몸이 떨린다. 종일 떨렸다. 덜란에게 설명하고 싶었는데, 끓는 설탕처럼 서로 붙어버리는 말을 정신 나간 사람처럼 내뱉게 됐다.

"그러니까그게뭐냐면……."

"아니이런일이있을줄은생각도못했……."

덜란은 그때 장작을 패고 있었다. 덜란은 어제 종일 여러 개의 나무 몸통을 낡은 사슬에 묶어 마을에서 집까지 끌고 왔다. 나는 비닐하우스에서 모종을 서로 떼어 각기 화분에 심고 물을 준 뒤 그 화분을 선반에 한 줄로 늘어놓고 있었다. 그러는 동안 밖에서 들리는 장작 패는 소리에 맞추어 오래된 웨일스

포크송을 불렀다. 웨일스어 노래를 많이 알지 못하지만 게이노르가 가끔 틀어두던 다비드 이완의 CD에서 듣고 배운 노래였다. 때로 덜란과 나는 그 노래를 국가처럼 불렀다. 진짜 웨일스 국가는 기억나지 않는 데다가 내 아버지의 땅이니 시인과 노래하는 사람과 용감한 전사들의 땅이니 하는 가사가 마음에 와닿지 않았다. 우리의 노래처럼 느껴지지 않았다.

일정하던 도끼질 소리가 갑자기 끊겼다. 나는 덜란이 나무를 더 가지러 갔거나 물을 마시러 갔겠거니 하고 기다렸다. 하지만 갑자기 고함이 들렸고, 덜란의 발소리가 쿵쿵쿵쿵 천둥처럼 비닐하우스로 다가왔다. 나는 두려움에 목이 조였다.

'도끼 때문이야. 도끼에 덜란이 다친 거야.'

비닐하우스로 들어온 덜란은 피를 흘리는 게 아니라 눈을 휘둥그렇게 뜨고 있었다. 늘 어른 같은 덜란이 아이 같은 모습으로 돌아가 있었다.

"왜 그래?"

"들어봐!"

나는 덜란의 말대로 귀를 기울였다. 잠시 아무 소리도 들리지 않았지만 이내 어떤 소리, 헐떡이는 낮은 신음 같은 것이 점점 커졌다.

덜란이 겁에 질려 물었다.

"이 소리 뭐야? 꼭 하늘이 찢어지는 것 같아!"

나는 덜란 곁을 지나 하늘을 올려다보았다. 멀리서 나는 소리였지만 고요함에 익숙한 우리에게는 요란하기만 했다.

"뭔데? 뭐야?"

텅 빈 푸른 하늘을 가로질러 카이나르본 쪽으로 다가오는 까만 말벌 같은 형상을 보며 덜란이 다시 물었다.

나는 대답했다.

"헬리콥터."

우리는 서로를 빤히 쳐다보았다.

나는 두렵다.

이전 세상이, 첨단 기술로 만든 컬러 화면 가득하던 회색 날들이. 인사하지 않고 서로를 지나쳐 가던 사람들이. 평범한 삶이. 헬리콥터가.

덜란

엄마는 언젠가부터 저녁이면 보조 지붕에 앉은 나에게로 왔다. 우리가 오랫동안 말을 잃고 '네보의 푸른 책'도 거의 펼치지 않았다는 사실에 관해서 서로 이야기하지는 않았다. 할 말을 찾을 수가 없기 때문이다.

모나 목소리가 들린다고 엄마가 고백한 밤 이야기도 우리는 하지 않았다. 나는 T. H. 패리윌리엄스에게도 같은 일이 있었다고 읽었다. 그곳에 없는데도 들리는 한밤중의 목소리에 관한 글이었는데, 나는 그런 일이 종말 전에도 일어났다는 게, 우리만 겪은 일이 아니라는 게 너무 기뻤다. 나는 그 글에 관해 엄마에게 이야기하지 않았다. 엄마도 성경과 옛 책을 읽을 만큼 읽어 이미 알 테니까.

"담배 한 대만 딱 피우면 좋겠다."

함께 보조 지붕에 앉아 있던 엄마가 말했다. 마치 정말 담배를 태우는 것처럼 엄마의 입에서 김이 났다.

"나는 마지팬을 먹고 싶어."

내가 말했다. 모나와 함께 네보에서 보낸 날이, 우리 입속에 머물던 설탕과 아몬드의 맛이 떠올랐다. 그러다 오래전 시간이, 실버 시저스와 게이노르와 세면대 옆 마지팬 향 샴푸의 기억이 떠올랐다.

엄마가 말했다.

"나는 페너그로이스에 가서 케밥을 사 먹고 싶어. 마늘 소스를 뿌려서. 생양파도 많이 넣고."

"정말로?"

"아니."

엄마가 솔직하게 대답했다.

종말 이전의 날들이 엄마와 나 모두를 위협하고 있었다.

헬리콥터. 거친 소리로 하늘을 가르던 거대하고 흉한 금속의 광택. 고요함을 산산이 깨뜨리던 뻔뻔한 소음. 그러고는 며칠 동안이나 아무 일도 일어나지 않았고, 엄마와 나 사이에는 끝없는 질문들이 뱅글뱅글 돌았다.

도대체 이게 무슨 의미야?

사람들이 있다는 뜻이지. 사람들이 애쓰고 있다는 뜻.

무슨 애를 쓰는데? 모든 걸 예전처럼 돌이키려고?

나도 모르지, 덜란. 나도 모르겠어.

그러다 어제 새로운 소리가 들려왔다. 멀리 들리는 그 소리는 헬리콥터 소리보다 훨씬 더 고약했다. 비명 같기도 하고 수많은 아기가 동시에 우는 소리 같기도 하고, 폭풍우 속 바람의 울음 같기도 했다.

우리는 뒷밭에서 잡초를 뽑고 있었다.

"안 돼."

엄마가 이렇게 말하며, 이끼와 풀로 뒤덮인 큰길을 쳐다보았다.

"뭔데? 뭔가가 괴로워하는 소리야?"

"경찰차야."

경찰차가 지나갔다, 멀리서, 마치 이 세계에 존재하는 것이 자연스러운 것처럼.

"젠장."

엄마는 내뱉었다. 엄마의 바위처럼 굳은 얼굴이 창백하게 질리고 주름이 깊어졌다.

"왜?"

"돌아오나 봐, 그렇지? 예전 세상이 돌아오나 봐."

나는 '그게 나쁜 거야?' 하고 묻고 싶지도 않았다. 분명히 그러했으니까. 하지만 길을 잃은 사람 같은 엄마의 모습은 의외였다. 인생이 제멋대로 도는 나침반 같다고 느끼는 표정. 엄마는 그런 사람이 아닌데. 단단하고 강하고, 언제나 차분한 사람인데.

"돌아오는 게 느껴져. 구름처럼."

엄마는 말했다. 그러고는 급한 발걸음으로 린 쿰 딜린 쪽으로 갔다.

로웨나

가장 좋은 것들을 꼽자면…….

따뜻한 흙을 뚫고 솟아오르는 초록의 잎들.

앵글시에 드리우는, 수줍은 연인처럼 붉어지는 저녁노을.

나에게 들리지 않는 줄 알고 딜란이 부르는 노랫소리.

모두가 사라졌다고 생각했을 때 A487 도로에서 자전거를 타고 나타난 누군가.

보름달.

선반 위 모나의 헝겊 인형, 그리고 그것을 꽉 쥐던 모나의 작은 손, 그 사랑스럽고도 아픈 기억.

다른 쓰레기와 함께 정원 벽 너머로 던져 버린, 소리 없는 텔레비전.

　수프. 덜란과 내가 필요한 재료를 빠짐없이 키워냈을 때 끓
인 수프.

　사람이 없고 부산함이 없는 것. 그 모든 없음.

　삶.

덜란

"우리, 구출될까?"

오늘 밤 보조 지붕에 함께 앉아 있던 엄마가 물었다. 경찰차 소리를 들은 뒤로 내내 몹시도 조용하다가 던진 말이었다.

"참 나, 우리가 무슨 구출이 필요해."

나는 생각하지 않고 내뱉어 버렸다. 엄마가 손을 뻗어 내 손을 잡았다.

"네가 너무너무 자랑스러워, 덜란."

나는 어둠 속에서 싱긋이 웃었다. 엄마의 그 말을 들으니 또한 번의 종말이 정말 코앞으로 다가온 것 같았다.

잠깐의 침묵이 흘렀고, 엄마가 말했다.

"이전에 나는 진짜 내가 아니었어."

"무슨 뜻이야?"

"종말 전에 말이야. 모든 게 두려웠어. 내 손으로 망칠까 봐 두려웠어, 뭐든. 그래도 우리, 그럭저럭 잘 살아오지 않았어? 너랑 나 둘이서. 난 모나도 낳았어. 최선을 다했어."

"맞아. 지금의 엄마가 진짜 엄마야. 최선을 다했고, 우린 잘 살고 있어. 엄마는 강해. 전사처럼."

❖

우리는 말없이 앉아 있었다. 엄마가 무슨 생각을 했는지는 알 수 없지만, 나는 모든 멋진 것들을 생각하고 있었다. 비닐하우스, 처음으로 키운 채소, 푸이흘, 그리고 린 쿰 딜린에서 물장난치던 모나, 수많은 책과 그 속의 수많은 이야기. 그 책들과 함께 선반에서 살아온, 우리가 쓴 '네보의 푸른 책'.

그때 앵글시가 환해졌다.

불빛의 파도였다. 하나씩 하나씩 주황색과 흰색으로 불이 켜지니, 마치 별들을 가까이에서 보는 것 같았다. 집과 도로가 10년 동안 잠을 잤다는 듯이 깜박거리며 깨어났다. 길고 긴 시간 떠나 있던 문화와 문명이 스스럼없이 돌아왔다.

앵글시의 불빛들이 마치 친구인 양 우리에게 미소를 지었다.

"엄마, 괜찮아?"

엄마가 내 손을 꼭 쥐었고, 엄마의 젖은 눈이 새 빛 앞에서
반짝거렸다.

작가의 말

내 가족, 특히 사랑과 친절한 마음 가득한 두 아들 에반과 게르, 너희의 인내심에 한없이 고마워.

어 롤바 출판사, 웨일스어 도서 의회, 웨일스어 문학 교환, 웨일스 에이스테드보드에 감사의 마음을 전합니다.

나의 담당 에이전트, 스털링 로드 소속의 크리스토퍼 콤베 말레의 큰 노력에 고마움을 전합니다.

그리고 나의 부모님, 그 모든 사랑에 감사드립니다.

마논 스테판 로스

옮긴이의 말

어느 날 전기와 통신이 끊기고 이전까지 누리던 모든 일상의 편의를 잃게 되는 '종말'의 이야기들은 친숙하면서도 또 매번 새롭게 서늘하다. 그리고 종종 겁을 준다. 이에 우리는 기꺼이 겁을 먹는다. 낭비하고 파괴하고 방치하는 데 동참하고 있었음을 반성하고, 잊었던 '무언가'를 기억하고 싶어 한다. 책장을 덮고 나면 잊을 거면서, 두려움을 축으로 하는 종말의 서사에 기대어 그러한 사색의 기회를 얻고자 한다.

다만 『네보의 푸른 책』은 그 축이 두려움은 아니었던 것 같다. 핵폭탄과 핵발전소의 폭발로 다른 생존자가 아무도 없는 마을, 아니, 세상에 모자(母子) 단둘이 살아남은 이 소설의 세계는 우리의 두려움을 그대로 현실화한 세계인 듯한 동시에, 한 번도 만나본 적 없는 세계이기도 했다.

그리고 그 안에서 내가 기억하게 된 '무언가'들은 특별했다. 생존을 위해 서로를 경계하고 공격하는 인간 군상이나 더 큰 사회 없이, 오직 두 사람(이자 세 사람)뿐인 가족의 이야기라는 점. 서서히 일어난 종말과 그 이후 7년간 일궈낸 고요한 삶의 이야기라는 점. 종말 이전을 기억하는 엄마와 거의 기억하지 못하는 아들, 그리고 종말 이전의 세계를 모르는 아기의 이야기라는 점. 모두 특별했지만 그래도 가장 특별했던 점은 소설 앞부분에서, 이전의 세계로 돌아가기 싫다며 고개를 내저었던 엄마 로웨나의 말이 아들 덜란을 위한 의연함이나 하얀 거짓말이 아닌 '강렬한 진심'이었음을 점차 알아가는 과정이었다.

종말이란 절망 혹은 끝이기도 했지만, 또한 그 반대말이기도 했다. 이전 세계에서는 아예 없거나 외면했을 존재와 방식과 순간 들을 가슴이 에이도록 사랑하게 되는 이야기라고도 할 수 있겠다. 이전 세계가 끝났기 때문에 비로소 발견하고 마주하게 된 많은 것들을 한국어판 독자들을 어떻게 읽고 느낄지 무척 궁금해진다.

이야기의 끝부분에서 전깃불을 바라보는 로웨나의 눈에 눈물이 고일 때, 나는 그 눈빛을 머릿속으로 그려보았다. 상실의 두려움도 있었겠지만 덜란에게 말하거나 '푸른 책'에 쓰지 않은, 설명하기 힘든 것들도 담겨 있진 않을까 상상하면서. 갑작스럽게 찾아온 '새로운 종말' 이후 두 사람의 삶도 궁금해졌다. 이 또한 쉽게 상상이 되진 않았는다. '이후'에 비로소 얻게 된 것을 지키게 될까? '이전'의 삶으로 다시 흡수될까? 아니면 둘 다일까?

가슴 서늘함뿐 아니라 '뜻밖의' 예쁨과 힘에 조용히 흔들리면서, 종말이 오지 않아도 내가 선택하고 함께하고 싶은 것들을 생각해 볼 수 있었던 전복적이면서도 서정적인 '이후'의 이야기였다.

강나은

잿빛 세상에서 '진짜 나'를 찾아가는 푸른 희망의 이야기

나민애 (서울대 기초교육원 교수, 『국어 잘하는 아이가 이깁니다』 저자)

나는 16년 전에 엄마가 되었습니다. 딱 16년 전에, 엄마로서의 세상이 새롭게 태어났습니다. 그러니까 지금 나는 (개인적으로) '기원후의 16년'을 살고 있는 셈입니다. 여러분도 알고 있듯이, 부모의 삶은 이렇게 기원 전과 후로 나뉘어집니다. 기원후의 나는 조금 더 좋은 사람이 되었고 훨씬 더 겁이 많은 사람이 되었습니다. 가끔은 너무 무서워서 밤잠도 설칩니다. 아이가 잘못될까 봐, 아이가 집에 온전히 돌아오지 못할까 봐, 아이가 자신의 잘못이 아닌 일로 거센 폭풍에 휩쓸려 갈까 봐 무섭습니다. 그중에서 가장 두려운 것은 전쟁, 핵폭발, 종말 같은 파국의 이름입니다. 어느 전선에 무기가 모인다는 말을 들으면, 도발이 일어난다는 말을 들으면, 폭탄이 터지고 사람들이 죽어간다는 말을 들으면, 속절없이 상상하게 됩니다. 참혹 속에서 아이를 안고 울부짖는 부모의 모습을 말입니다.

파국의 세상이 두려운 사람에게 이 책은 일종의 방법서입니다. 괴롭고도 씩씩한 이 책은 종말과 위기에 대한 이야기 같지만 사실은 '소중한 것을 지키는 방법'을 알려주는 책입니다. 위기가 닥치면 사람은 소중한 것이 무엇인지 알게 됩니다. 소중한 것들만 쥐고, 최후의 힘을 모아 그것을 지키려고 합니다. 자식, 엄마, 나 자신, 언어, 그리고 삶. 그것들이 바로 이 책에서 알려주는 '최후의 소중한 것들'이자 '최대의 소중한 것들'입니다.

핵폭발이 일어나면 어떻게 해야 할까요. 항상 모호하게 떠올리던 상황과 해결 방법을 『네보의 푸른 책』의 저자 마논 스테판 로스는 한 편의 소설로 옮겼습니다. 『네보의 푸른 책』속 모자(母子)는 폭력적인 상황에서 가장 현명한 방법으로 먹을거리와 생존의 도구들을 마련합니다. 무엇을 심고, 무엇을 수확하며, 어떤 자세로 삶을 살지 우리도 조금은 알 수 있습니다. 동시에 생각하게 됩니다. 애초에 이런 핵폭발이 생기지 않게 하려면, 과연 지금 무엇을 해야 하는가.

여러분께서 핵폭발과 끔찍함만을 예상했다면, 『네보의 푸른 책』을 펼친 후에 당황했을 것입니다. 이 책은 때로 시처럼 서정적이고, 때로 진지하게 철학적입니다. 이 무서운 이야기는 의외로 우리를 차분하게 돌아보게 합니다. 정말 중요한 것은 무엇인가. 삶이란 무엇이고, 우리에게 필요한 가치는 무엇인가. 소설 속에서 뚜렷하게 보이는 것은 생존의 투쟁이지만 그 속에서 우리는 보이지 않는 가치들을 배우게 되지요.

아들 딜란과 엄마 로웨나는 종말 이전을 "모든 것이 정신없이 빨랐고, 모든 사람이 너무 많은 것을 가진" 세계였다고 말합니다. 맞아요, 우리가 지금 그렇게 살고 있지요. 우리는 "다른 사람들의 삶을 보며 내 삶을 낭비"하고 있습니다. 그러나 주인공들은 텔레비전과 SNS와 인터넷이 사라진 덕분에 '모든 것을 느끼는 삶'을 발견할 수 있었습니다. 지금 우리는 뭔가 중요한 것을 잊고 산다는 말이겠지요. 말하자면, 이 소설 속에는 잃은 것들과 얻은 것들이 가득합니다. 잃은 것이 무엇이고 얻은 것이 무엇인지 헤아려보는 것은 읽는 기쁨이자 생각의 기쁨이기도 합니다. 하나의 소설에서 이렇게 다양한 생각의 씨앗이 자랄 수 있다니, 마치 각종 채소가 자라는 딜란네의 텃밭을 보는 것만 같습니다.

이 작품은 재난 소설이면서 또한 성장 소설이기도 합니다. 가장 연약했던 엄마가 가장 강한 엄마가 되어갑니다. 엄마가 지켜야 했던 아이가, 오히려 엄마를 든든하게 지켜줍니다. 우리는 이들의 성장에 나의 성장을 비춰 볼 수 있습니다. 열네 살 아들 덜란과 서른여섯 살의 엄마 로웨나는 8년 전에 핵폭발을 겪었습니다. 8년 전 '종말'을 기점으로 한 세상이 끝나고 다른 세상이 시작되었습니다. 전기가, 사람이, 문명의 각종 이기가 사라지고 남은 사람들은 자급자족의 시대로 돌아갔습니다. 덜란과 로웨나는 땅을 개척하며 삶을 개척합니다. 식물을 키우며 자신들을 키웁니다. 논밭을 돌보며 희망을 돌봅니다. 그리고 모국어인 웨일스어로 된 책을 찾아 읽고, 웨일스어로 글을 쓰고, 흐릿해졌던 내면을 회복합니다.

그들의 모국어 웨일스어는 점차 사라져가고 있었습니다. 주인공들은 자신들이 사라질 뻔한 그 순간에 스스로를 건져냈고, 그 과정을 사라져 가는 모국어로 기록했습니다. 그들은 절망의 시간을 훌륭히 견뎌냈고, 아름답게 채워냈고, 자신을 지켰으며, 상대방을 지켜줬습니다. 이들의 절망과 희망의 서사를 보고 있으면 거기에 조금씩 물들게 됩니다. 나와 아이도 절망을 늠름히 견딜 것이고, 텅 빈 삶을 충분히 채울 것이며, 상대와 스스로를 지킬 수 있을 것입니다. 간절하게 이런 믿음을 갖고 싶을 때 이 책은 든든한 믿음을 심어줍니다. 이 믿음이 우리에게 희망이 된다면, 이 책의 제목이 왜 '푸른 책'인지 충분히 이해할 수 있습니다. 여기서의 '푸른'색은 희망의 색이며 가장 좋은 새싹의 표정이며 딜란과 로웨나가 끝까지 포기하지 않았던 가치를 말합니다.

나는 이 책을 읽을 나의 아이에게 이렇게 알려주고 싶습니다. 우리는 삶에서 고난과 절망을 피할 수는 없으며, 그것을 피할 방법을 구하지 말고 이겨낼 방법을 구하라고. 그 구함에 있어 로웨나와 딜란이 함께했듯이 엄마는 너와 함께할 것이라고. 그것이 엄마인 내가 너에게 해줄 가장 좋은 것이라고 말입니다.

딜란 또래의 아이들은 이 책에서 엄마 로웨나의 마음을 엿보게 될 것입니다. 부탁하건대 부모가 사실은 "불충분한 강함과 약함"을 동시에 지닌 존재라는 사실을 알아주세요. 그들이 얼마나 자신의 약함에 괴로워하는지 알아주세요. 그럼에도 자식을 지키기 위해 애쓰고 있다는 점을 기억해 주세요.

한편, 부모들은 아들 딜란의 글을 보면서 자녀의 성장을 신뢰해 주세요. 아이는 우리의 생각보다 강하고, 생각보다 더 많은 생각을 하며, 생각보다 빨리 어른이 된다는 것을 알아주세요. 그러니 오늘, 아이의 하루와 생각을 지지해 주세요. 아이가 훌륭한 어른의 전 단계라는 것을 믿어주세요.

엄마 로웨나는 글을 쓰면서 자기 자신을 이해하게 되었고,

아들 덜란은 글을 쓰면서 스스로를 성장시킬 수 있었습니다. 부모와 자녀가 함께 글을 쓴다는 것, 기록한다는 것은 굉장한 의미가 있습니다. 나는 이와 비슷한 경험을 한 적이 있습니다. 한 챕터는 아버지가, 다음 한 챕터는 내가 작성해서 한 권의 책을 만들었습니다. 아버지는 나에게 하고 싶었으나 하지 못한 말을, 나는 아버지에게 하고 싶었으나 하지 못한 말을 적었습니다. 그 말들의 기록이 우리 각자를 성장시켰고, 스스로를 용서하게 했으며, 상대방을 이해하도록 만들었습니다. 그러니까, 이 책을 보면서 가슴에 남는 말이 있거든, 우리의 삶으로 옮겨 실천하세요. 각자 자신의 생각을 쓰려고 할 때, 그 생각은 우리 주위를 맴돌며 기꺼이 우리를 도울 것입니다.

이 소설은 아름답고 처절하고 희망적입니다. 나는 이 소설에서 여러 구절을 밑줄 그어 내 공책에 옮겨 적었습니다. 로웨나는 마지막에 '가장 좋은 것들'을 꼽습니다. 그것을 따라 내 삶에서도 가장 좋은 것들을 꼽아봅니다. 덕분에 나는 이 책을 덮고 나의 가장 좋은 것들을 찾아갈 용기가 생겼습니다. 이 책을 읽는 청소년들과 어른들 역시 가장 좋은 삶을 꾸려나가시길. 자, 우리의 살아 있음에 "디올흐(고마워)."

척박한 땅 위에 피어난 회복의 서사

백온유(소설가)

폐허가 된 땅에서 삶을 재건하는 이야기를 좋아한다. 인간은 좌절하고 낙망하지만 이내 새로운 세계에 적응하기 위해 고군분투한다. 사람들은 어떤 방식으로든 연대하여 척박해진 땅에 생명력을 불어넣는다. 대부분의 아포칼립스 서사에서의 인간은 질서를 상실했기에 가장 적나라한 밑바닥을 드러내기도 하지만 곧 위기를 극복하며 인간의 회복 탄력성을 믿게 한다. 그러나 나는 이 소설만큼 마음에 큰 감동과 평안을 주는 회복의 서사를 지금껏 경험하지 못했다.

작가 마논 스테판 로스는 『네보의 푸른 책』을 쓰는 동안 벼랑 끝에서도 끝끝내 지키고 싶은 것들, 온 마음을 쏟아 사랑할 대상들, 목숨이 다하는 날까지 기억하고 곱씹고 싶은 것들을 오래오래 생각했을 것이다. 훼손된 세상에서도 온전히 유지되고 있는 것들에는 이런 마음이 깃들어 있으리라.

자신이 뿌린 씨앗에서 "작고 작은 생명이 감히 살아내겠다고 동그랗게 모습을 드러냈"을 때 덜란은 눈물짓는다. 황폐화된 땅에서도 여전히 '행복해서 눈물이 날 만큼' 좋은 일이 남아 있다고 이 소설은 말한다. 나는 덜란과 로웨나가 발견하는 작은 희망들에 안도하면서도 고통을 느꼈고, 고통을 느끼며 또 환희를 만끽하곤 했다.

종말이 예고 없이 찾아왔듯 "길고 긴 시간 떠나 있던 문화와 문명이 스스럼없이 돌아"오는 날 또한 느닷없이 찾아온다. 절망 가운데에서도 충실하게 살아온 두 사람은 잠시 주춤하겠지만 다시 하늘을 바라볼 것이다. 잿빛 하늘을 나는 새들과 고요를 깨는 사람들과 도시를 밝히는 찬란한 불빛들에 천천히 적응할 것이다. 이들의 발걸음을, 삶을, 그저 무작정 응원하고 싶어진다.

이 세계에서 저 세계로 부지불식간에 옮겨져 감당하기 어려운 혼란을 느끼는 『네보의 푸른 책』 속 인물들에게 독자는 금세 마음을 빼앗길 것이다. 그들이 느끼는 막막함이 이 시대를 살아가는 우리가 매일, 매 순간 맞닥뜨리는 불안과 크게 다르지 않기 때문이다. 연약해진 마음을 이토록 다정하게 위로하는 작가가 이 세계 어딘가에 있다는 사실이 진심으로 다행이라 여겨진다.

옮긴이 강나은

영미권의 좋은 책을 우리나라에 소개하는 일에 열의를 품은 번역가. 사람들의 수만큼, 아니 셀 수 없을 만큼이나 다양한 정답들 가운데 또 하나의 고유한 생각과 이야기를, 노래를 매번 기쁘게 전달할 수 있기를 바란다. 옮긴 책으로 『최초의 아이』 『호랑이를 덫에 가두면』 『소녀는 어떻게 어른이 되는가』 『삼킬 수 없는』 『베서니와 괴물』 시리즈 등이 있으며, 다큐멘터리 영화 〈간지들의 하루〉 〈잔인한 나의, 홈〉의 자막을 영어로 옮겼다.

네보의 푸른 책

초판 1쇄 인쇄 2024년 12월 10일
초판 1쇄 발행 2024년 12월 18일

지은이 마논 스테판 로스
펴낸이 김선식
옮긴이 강나은

부사장 김은영
콘텐츠사업본부장 임보윤
책임편집 이슬 **책임마케터** 이고은
콘텐츠사업10팀장 김정택 **콘텐츠사업10팀** 이슬, 이나영, 김유리
마케팅본부장 권장규 **마케팅2팀** 이고은, 배한진, 지석배, 양지환
미디어홍보본부장 정명찬 **브랜드관리팀** 오수미, 김은지, 이소영, 박장미, 박주현, 서가을
뉴미디어팀 김민정, 고나연, 홍수경, 변승주 **지식교양팀** 이수인, 염아라, 석찬미, 김혜원, 이지연
편집관리팀 조세현, 김호주, 백설희 **저작권팀** 성민경, 이슬, 윤제희
재무관리팀 하미선, 임혜정, 이슬기, 김주영, 오지수
인사총무팀 강미숙, 이정환, 김혜진, 황종원
제작관리팀 이소현, 김소영, 김진경, 최완규, 이지우, 박예찬
물류관리팀 김형기, 주정훈, 김선진, 채원석, 한유현, 전태연, 양문현, 이민운
외부스태프 디자인 김형균

펴낸곳 다산북스 **출판등록** 2005년 12월 23일 제313-2005-00277호
주소 경기도 파주시 회동길 490
전화 02-704-1724 **팩스** 02-703-2219 **이메일** dasanbooks@dasanbooks.com
홈페이지 www.dasan.group **블로그** blog.naver.com/dasan_books
종이 스마일몬스터 **인쇄** 상지사 **후가공** 평창피엔지 **제본** 상지사

ISBN 979-11-306-7106-2 (43840)